Primera parte

Una historia real

Carlos Trejo

CAÑITAS

**Nueva edición
aumentada y actualizada**

Planeta

Diseño de portada original: Gerardo Islas
Ilustración de portada: Rafael Hernández H.
Fotografías de interiores: Archivo del autor

© 1995, 2003, Carlos Trejo
Derechos exclusivos de edición en castellano reservados
para los países de habla hispana:
©1995, 2003, Editorial Planeta Mexicana, S.A. de C.V.
Avenida Insurgentes Sur núm. 1898, piso 11
Colonia Florida, 01030 México, D.F.

Primera edición en esta versión: junio del 2003
ISBN: 970-690-915-X

Ninguna parte de esta publicación, incluido el diseño de la cubierta
puede ser reproducida, almacenada o transmitida en manera alguna
ni por ningún medio, sin permiso previo del editor.

Impreso en los talleres de Litográfica Ingramex, S.A. de C.V.
Centeno núm. 162, colonia Granjas Esmeralda, México, D.F.
Impreso y hecho en México - *Printed and made in Mexico*

www.editorialplaneta.com.mx

Prólogo

Durante la historia de la humanidad se ha escrito y hablado de fantasmas, duendes y brujas, de leyendas de ultratumba y dimensiones desconocidas paralelas a la nuestra. Dentro de los libros se encuentran narraciones que dan testimonios de gente que fue brutalmente quemada por practicar brujería y magia negra o por invocar al mismo demonio. En nuestro México aún recordamos los horrores de la Santa Inquisición y a la fecha todavía existen cultos y religiones que los siguen practicando. Con el tiempo surgió un estudio o ciencia llamado parapsicología, la cual se encuentra desconcertada por tantos relatos de gente que directa o indirectamente han pasado por experiencias sobrenaturales, teniendo como base las narraciones de una o varias personas. Esta ciencia se encuentra actualmente confundida por un caso que se manifestó en pleno Distrito Federal, en el año de 1982, teniendo como testigos a una gran cantidad de personas.

Debo insistir en que se trata de una historia real, no es producto de la imaginación. No sabemos qué la provocó y no tratamos de convencer a nadie, pero las consecuencias e impresión de lo que aquí se narra aún tienen efectos sobre las personas que intervinieron y tuvieron la suerte de sobrevivir.

Este fenómeno sobrenatural ocurrió en una familia que se encontraba ajena a todos estos sucesos y que nunca se imaginó vivir una tan aterradora y escalofriante experiencia, que además marcaría en forma drámatica sus vidas: una familia que hubiera rogado porque no fuera ni la de usted ni la de nadie, y mucho menos la mía. Pero sucedió en mi familia, en mi persona, y por lo tanto me tomo la libertad de narrarlo para que usted, amigo lector, lo juzgue y esté consciente de que puede ser víctima de lo mismo.

Así empezó...

Te invito a iniciar la lectura de mi relato...

Transcurría el año de 1982. Yo vivía con mi esposa Sofía, de 18 años, y mis hermanos Jorge y Luis, de 12 y 14 años respectivamente. Llevábamos una vida normal y tranquila, sin embargo tengo que decir que para mi hermana Norma no lo era, para entonces ella contaba con 19 años de edad. Por haber contraído matrimonio muy chica, se encontraba rodeada de problemas con su esposo, teniendo como consecuencia un refugio amoroso con otro hombre de nombre Emmanuel.

Por esa fecha me encontraba trabajando en una tienda de telas en el departamento administrativo; mi jefe inmediato era un joven llamado Fernando.

Corría el mes de abril del año mencionado cuando Norma y Emmanuel se presentaron en nuestro domicilio; nos pidieron les permitiéramos alojarse en la casa ya que tenían deseos de vivir en unión libre y posteriormente casarse, en cuanto Norma obtuviera el divorcio.

Sofía y yo no pusimos ninguna objeción. Durante ese mismo mes Fernando y yo hicimos una gran amistad, por lo que me confió que dentro de poco tiempo no tendría dónde vivir ya que su contrato de arrendamiento estaba por vencerse. Me pidió como favor le permitiera vivir en la casa, obviamente no se lo negué y, con esto, se instalaron los tres más o menos por la misma fecha.

Estas personas, aparte de Jorge, Luis, Sofía y yo mismo, siete personas que nunca sabré si el destino nos juntó o tenía que ser así. Todo parecía normal. Con el transcurso de los días Norma empezó a narrarnos la absurda historia de que uno de sus novios de la secundaria, de nombre Isidro, se había matado en un accidente automovilístico; historia que yo nunca creí, ya que el famoso Isidro era amigo mío y nos frecuentábamos. Sin embargo nunca trate de desmentirla, pensando que estaba inventando esta historia por darle celos a Emmanuel. Tal fue su autoconvencimiento que éste la llevó a conocer a una bruja de nombre Margarita, quien se encontraba viviendo en el centro de la ciudad.

Al tener contacto con ella le pidió una lectura de cartas, estando presentes Emmanuel y Fernando, quienes habían iniciado una gran amistad. Según lo que después me contaron Norma le preguntó a la famosa bruja si Isidro estaba muerto; ella contestó que si Norma seguía con esa idea se metería en problemas con las fuerzas ocultas que se encontraban inquietas. Les pidió que se cuidaran y no salieran después de las seis de la tarde, ya que a esa hora se desataban las fuerzas del mal. Después de esta lectura de cartas, que duró poco menos de dos horas, se regresaron a la casa.

Cuando Fernando me comentó esta experiencia le pedí a Norma que dejara por la paz esa tonta historia del famoso Isidro, pero al parecer mis palabras no fueron tomadas en cuenta, ya que se fue obsesionando cada día más por la muerte de éste. Transcurrieron los días hasta llegar el mes de mayo. Las cosas cambiaban a cada momento, y Norma empezaba a descuidar su persona. Un día de regreso a la casa me encontré con la sorpresa de que Norma le había quitado su hija menor a su primer esposo; la bebita contaba con sólo tres meses de nacida.

Estuve de acuerdo en que mi sobrina viviera con nosotros, con la esperanza de que la niña haría que Norma se olvidara de la tonta historia de la muerte de Isidro, sin embargo no fue así. Esta mentira se fue convirtiendo poco a poco en una obsesión para ella.

Un día se presentó cierta discusión en la que salió a relucir nuestro padre, se mencionaba que él nos había abandonado siendo muy pequeños y se había negado a mantenernos por diferentes causas. Al decir su dirección me di cuenta que Norma seguía teniendo contacto con él; le pedí que fuéramos a su domicilio, el cual se encontraba por el área de Satélite, Estado de México.

Eran aproximadamente las once de la noche de cierto día de mayo, cuando nos encontrábamos estacionados en las afueras de su casa; tocamos varias veces sin tener resultado. Recuerdo que esperamos aproximadamente hasta la medianoche, y al percatarnos de que no había nadie, decidimos regresar, dejando las cosas por la paz.

En el regreso, que por cierto fue por el Periférico, Norma nos mencionó que a la altura de las Torres de Satélite fue donde Isidro había muerto accidentalmente. Al escuchar esto le pedí que dejara esa tonta historia y traté de desmentirla ante Emmanuel, quien también estaba cansado de lo mismo. Poco a poco, sin darnos cuenta nos encontramos a la altura de Tacuba, frente al panteón Sanctorum. Norma se hundió en un silencio total. Recuerdo que su mirada era extraña, fría, y se perdía en el parabrisas del carro, sin decirnos ni una sola palabra a Emmanuel ni a mí. Al pasar el panteón detuvo bruscamente el automóvil, se bajó y me pidió que manejara, ya que ella se sentía muy nerviosa y no podía conducir.

Se acomodó en la parte de atrás y Emmanuel le preguntó si tenía algún malestar; ella se llevó las manos a la cara y mencionó que quería regresar a la casa. Durante el trayecto me percaté de un posible enojo entre ellos y quise suavizar la situación invitándolos a cenar. Para mi sorpresa Norma prefirió regresar a casa sin discutirlo. Otra gran sorpresa fue cuando Sofía se encontraba en la puerta de la casa con el portón abierto para que pudiéramos meter el carro y al estacionarlo nos preguntó qué había pasado. Le dije que Norma estaba muy rara. Ella ya estaba en nuestra recámara en compañía de Emmanuel, Fernando, Jorge y Luis. Cuando Sofía y yo entramos Norma nos comentó que en el trayecto del panteón había volado un cuervo y le había estado picoteando el parabrisas. Todos menos Sofía nos reímos de este comentario, que nos pareció muy irreal. Sofía se quedó muy extrañada y nos dijo que era mejor regar un poco de agua bendita en el interior de la casa por si nos hubiéramos traído alguna materia.

Mientras Sofía venía rezando con el agua, el ambiente se empezó a descomponer, ya que después de ser una noche calurosa la temperatura bajó dramáticamente, trayendo consigo un fuerte olor a excremento. Sofía me entregó el agua pidiéndome que yo la regara, pero Emmanuel valientemente la tomó y dijo burlonamente: "En nombre de Dios te bendigo". Al salir de la recámara y entrar a la sala, los dos gatos que teníamos se erizaron brutalmente y emprendieron la huida.

Esa reacción fue una gran sorpresa para todos, pero Emmanuel aclaró con cierta lógica que los había rociado con el agua; luego siguió con la dichosa bendición. Al entrar a la sala tiró el frasco y regresó a la recámara aterrado y, tapándose el rostro con sus manos, repetía desesperadamente que ¡no era posible!

Todos tratamos de tranquilizarlo y después de unos minutos nos comentó que una señora de negro se encontraba en la sala flotando en el aire con unos cabellos blancos y muy largos, su rostro se encontraba hacia abajo con la mirada hacia arriba, y tenía una mueca de sonrisa en la cara. Entonces todos nos quedamos perplejos y tomamos con cierta incredulidad lo que nos dijo. Posteriormente comentamos que lo que Emmanuel supuestamente vio se había tratado de una broma.

Con el paso de los días las cosas empezaron a cambiar,

ya que los aparatos eléctricos se encendían solos y el televisor se cambiaba de canal sin ser digital, sin embargo, nunca se le dio la importancia debida. Cierto día, al no tener dinero y encontrarnos desesperados, Emmanuel comentó que tenía un amigo que le podía prestar, pero tenía que visitarlo en las tardes. Fernando le recordó con cierta burla que la famosa bruja que habían visitado les había advertido que no salieran después de las seis de la tarde, porque de ser así podrían correr algún riesgo. Sin embargo, se marchó después de las ocho de la noche de ese mismo día.

No podría descifrar lo que pasó, sólo puedo decir que Emmanuel regresó tocando fuertemente la puerta; cuando le abrimos entró arañado de la cara y las manos y golpeado del cuerpo. Norma empezó a gritar desesperada y salimos todos a buscar rápidamente al atacante. Encontramos la calle totalmente desierta. Al preguntarle a Emmanuel qué había pasado nos comentó que no podría decirnos, pues lo único que sintió fue una especie de animal arañándolo y golpeándolo.

La agresión sucedió junto al portón de la casa, y realmente nos desconcertó, ya que era imposible que él mismo se arañara o golpeara y una persona, por muy velozmente que corriera, no podría haber desaparecido tan rápido de una calle tan larga y sobre todo porque no tenía dónde ocultarse el posible agresor. Esa noche fue muy rara: mayo es una época de mucho calor y el hecho de que en ese momento nos encontráramos casi bajo cero y además escucháramos el aullido de los perros nos creaba una atmósfera extraña.

Pasaron varios días y Norma seguía insistiendo con la muerte de Isidro a tal grado que trató de hacer una reunión espiritista. Al escuchar esto, Fernando propuso una ouija egipcia que tenía su hermano. Sin más, Norma le pidió que fuera por ella.

Inmediatamente se comunicaron con una amiga de nombre Sol; ella podría trasladarlos en su carro, ya que el nuestro se encontraba inexplicablemente descompuesto.

Después de la llamada Sol se presentó para ir por la tabla. Norma, Sol, Fernando y Emmanuel fueron por ella. Al conseguir que el hermano de Fernando les prestara la tabla, Sol comentó que para que tuviera mejor efecto se tendría que curar con magia negra y Norma sugirió curarla con la bruja Margarita. Se dirigieron a la casa de ésta y al tener la tabla en su poder la bruja realizó varios rezos, les comentó que tuvieran mucho cuidado y que trataran de no manejarla después de la seis de tarde, pero no tomaron en cuenta lo recomendado.

La ouija

Seguiré contando que al salir del trabajo me dirigí a la casa con el propósito de descansar, pues la carga de trabajo que tuve ese día había sido muy pesada. Encontré a Sofía muy preocupada y mis hermanos estaban sumamente espantados. Sofía me abrazó fuertemente y dijo: "Carlos, no te imaginas lo que acaba de suceder: los muchachos trajeron una ouija, según que para tratar de comunicarse con Isidro. La tabla empezó a insultarnos a todos diciendo que la dejaramos descansar y que no se movería hasta después de las seis de la tarde. Pero Norma siguió insistiendo y yo anotaba las letras; de inmediato me di cuenta de lo que estaba escribiendo. Al leerlo me percaté de varios insultos: 'Déjame en paz, puta', 'siempre estoy contigo, no me estén chingando', 'no soy Isidro, no te hagas pendeja'". Posteriormente Sofía me dijo que Norma siguió forzando la tabla hasta después de la hora prohibida. Incluso describió que en ese momento le pidió a Emmanuel que se pusiera la tabla entra las piernas para moverla juntos. Entonces Norma preguntó que quién era, y la tabla le respondió: "siempre estoy contigo y ahora me encuentro dentro de Emmanuel". En ese momento Emmanuel se quedó como dormido y cuando abrió los ojos Norma le preguntó: "¿Te encuentras bien?" Él se levantó bruscamente, tiró la tabla y se arrojó sobre ella con intención de estrangularla. En ese momento Sol gritó "¡Algo penetró en Emmanuel! Traigan agua pronto que parece estar como poseído".

Norma sintió que Emmanuel la agredía y lo aventó, en ese instante Jorge entró con agua del filtro y Sol la tomó, la bendijo rápidamente y untándole el líquido en los brazos dijo: "En nombre de Dios padre, Dios hijo y Dios espíritu santo, te ordeno que salgas de esta materia que no te corresponde". Emmanuel parecía aterrado con el agua y en un tono muy alto y agresivo gritó: "No me untes eso que me estás quemando, puta". Cuando lo oyó gritar esto, Sol aventó el líquido en su boca. Emmanuel se tiró al suelo, parecía que le estuvieran dando ataques, se revolcaba vomitando un líquido verdoso y tenía los ojos en blanco.

Después de unos segundos reaccionó y con gran sorpresa preguntó: "¿Por qué me mojan?". Se levantó con dificultad dejando una mancha negra en el suelo, la cual luego se desvaneció. Sofía me dijo: "Con todo esto, les pedí que tomaran su tabla y se retiraran de la casa, pero te juro, Carlos, que lo que pasó fue muy impresionante". Al escuchar fue tan grande mi enojo que lo único que hice fue gritarle: "¿Cómo es posible que jugaran esto en mi casa y más cuando estás embarazada? ¿Dónde está Norma?". "Ya te dije que fueron a entregar la tabla", contestó Sofía.

Cuando Norma, Emmanuel, Fernando y Sol regresaron les pedí una explicación para desmentir todo lo que Sofía me había contado. Pero mi sorpresa fue en aumento cuando Emmanuel me dijo: "Cuñado, te juro por mi madre que no me acuerdo de nada de lo que sucedió, en todo caso Fernando te lo puede decir". "Carlos, yo no tengo palabras para poder describir lo que pasó, pero lo que dijo Sofía es verdad. Es más, cuando fuimos a dejar la ouija, al dar la vuelta a la casa de mi hermano, Sol venía sentada en la parte de adelante y la puerta se abrió y salió disparada. Lo bueno fue que no le pasó nada, únicamente el susto y unos raspones. Tratamos de verle la lógica, pero la verdad es que no la encontramos y, créeme, lo que te comentó Sofía es cierto", dijo Fernando.

Al notar que se encontraban muy tensos y con el fin de romper el nerviosismo, pedí que todos nos fuéramos a descansar pues ya eran altas las horas de la noche. Dentro de la recámara habían dos camas individuales; en una descansaban Norma y Emmanuel, en la otra Sofía y yo. Recuerdo que aproximadamente a las cuatro de la madrugada algo se subió a los pies de la cama, como si fuera una persona a gatas, claramente se podía percibir un olor pestilente; me desconcerté y tuve que despertar a Sofía para preguntarle si había sentido y olido lo mismo que yo, me dijo que me estaba sugestionando por lo ocurrido con la ouija, que me tranquilizara. De pronto Emmanuel empezó a hablar de una forma muy rara y Sofía y yo nos pusimos nerviosos. Nos levantamos para salir al patio a fumarnos un cigarrillo y tratar de despejarnos. De regreso, al acostarnos, la temperatura empezó a descender y se volvió a sentir algo que subía por los pies de la cama, esta vez lo sentimos los dos. Nos miramos sorprendidos y, dentro de mi sorpresa, recordé que mentándole la madre, cualquier materia se retira, por lo tanto empecé a decir una serie de palabras altisonantes, pero la sorpresa fue mayor, ya que lejos de cambiar el ambiente, nuestra cama empezó a elevarse. Aterrados, nos bajamos de inmediato y, sin más, nos dirigimos a la calle tratando de encontrar lógica a lo que había sucedido. Con mucho miedo y abrazados, regresamos para encontrar que ni Emmanuel ni Norma habían despertado, pero entonces él empezó a hablar en un idioma extraño. Esto nos dio pavor y decidimos alejarnos lo más pronto posible; nos fuimos a dormir a un hotel que está por el Circuito Interior; allí comentamos el incidente. Nos repetíamos que no podía ser que la cama se hubiera elevado, y lo más sorprendente era que estábamos despiertos, por lo tanto tenía que ser absolutamente real.

　　Después del amanecer nos dirigimos a la casa y encontramos a Fernando despierto y preocupado. Él me comentó que toda la noche había intentado despertar y no pudo ni moverse, pero lo más extraño del caso era que habían estado arañando la puerta y se habían oído unos gruñidos. Realmente lo noté muy preocupado y sin hacer más comentarios entramos a despertar a Emmanuel y a Norma. Ella estaba de pie mirando a Emmanuel, quien se encontraba sentado en la cama con la cara hacia abajo sin pronunciar palabra. Norma se volvió y nos dijo que tenía dos horas sin moverse. Fernando se acercó y le preguntó a Emmanuel qué le sucedía; éste movió la cara, se incorporó y se quedó un rato mirándonos. Todos guardamos silencio esperando una respuesta, pero nos sorprendió cuando con una voz ronca y fría contestó: "No tengo nada, pendejo" y salió de la recámara. Fernando y yo intentamos pedirle una explicación pero Norma se adelantó exigiéndola. Emmanuel ya con su voz mencionó que no recordaba nada del insulto, pero regresó a darnos una disculpa. Realmente nos sorprendió a todos, pero procuramos no comentar más. Con el paso de los días, el ambiente se fue calmando, todo volvía a la normalidad. Cierto día conocí en el trabajo a un muchacho llamado Evaristo, quien me preguntó si sabía tocar guitarra, ya que él tenía un grupo de rock cristiano y su guitarrista estaba enfermo, por lo cual me pidió tocar con él al siguiente domingo. De regreso a casa, muy entusiasmado, les platiqué a los muchachos del concierto; Fernando preguntó donde sería. respondí que no sabía, pero que Evaristo pasaría por todos el domingo a las nueve de la mañana. Nos encontrábamos muy emocionados y Evaristo se presentó puntualmente con una combi en la cual transportaría a toda la familia. Emmanuel le preguntó dónde sería el concierto, y respondió que nada más tenía la dirección y no conocía el lugar. Emmanuel comentó que él conocía la calle y para que pudiéramos llegar más rápido quería manejar la camioneta; Evaristo no se opuso a la idea. Todos nos subimos y el trayecto fue muy agradable, pero al acercarnos a la dirección Emmanuel paró la camioneta y dijo: "Yo no quiero ir", y sin dar más explicaciones se bajó y echó a correr; Norma lo siguió. Todos nos quedamos sorprendidos, sin embargo llegamos al lugar y la sorpresa fue mayúscula cuando nos dimos cuenta que el famoso concierto era en una iglesia. Participamos en él como ya lo teníamos planeado. Al final de este espectáculo me encontraba enrollando el cable de mi guitarra cuando Evaristo se acercó a preguntarme por qué Emmanuel y Norma no quisieron estar presentes, le contesté que ya tenían varios días de estar muy extraños, desde que Norma había creado la historia de la muerte de Isidro y había conocido a la bruja Margarita, quien les había curado la tabla ouija. Poco a poco le di más información de lo que había pasado. Se quedó sorprendido y me pidió hablara con el pastor de la iglesia, nos dirigimos a la oficina donde se encontraba esperándome. Cuando entré me dijo que me sentara y me pusiera cómodo, al tiempo que me pidió le explicara la experiencia. Mientras narraba el suceso, el pastor llamó a más gente para que escucharan la historia, la cual tuvo principio en el mes de mayo. Después de varias horas de explicaciones e interrogatorios, nos pidió que lo dejáramos deliberar lo platicado con su gente.

Fernando, Sofía, Jorge, Luis y yo nos encontrábamos desconcertados y nos mirábamos unos a otros, sin poder descifrar lo que estaba pasando. La puerta de la oficina se abrió y el pastor nos invitó a pasar. Nos pidió permiso para que al día siguiente fueran a rezar a la casa, ya que en ese momento no lo podían hacer. Fernando preguntó si ya sabían lo que estaba pasando y el pastor le contestó que al siguiente día nos lo explicaría, que tuviéramos mucha fe en Dios. Después se sentó para abrir su cajón y sacó una Biblia, y me la regaló diciéndome que siempre la mantuviera abierta en el salmo 91 y sin dar más explicaciones nos despedimos.

Esa noche transcurrió de una forma muy extraña, ya que la temperatura de la casa había bajado mucho y se respiraba un ambiente raro. Emmanuel se quejaba haciendo uso de un dialecto bastante incoherente; poco fue lo que pudimos dormir. A la mañana siguiente, durante el desayuno, Emmanuel se quedó muy serio, pero continuamos la plática entre los restantes y nos referimos a lo acontecido en la iglesia. En esos momentos Emmanuel se nos quedó mirando extrañamente y dijo: "Pendejos, nunca podrán parar lo que ustedes mismos desataron", y riendo fuertemente se salió de la casa.

Con el paso de las horas se sentía una atmósfera bastante tensa en la casa, ya que la luz del sol inexplicablemente no penetraba por las grandes ventanas de cristales transparentes. A la hora de la cita tocaron a la puerta, Sofía abrió y en seguida entró el pastor junto con varias personas, entre ellas Evaristo.

Les comenté lo que había pasado con Emmanuel y el pastor dijo que era algo lógico, por el fenómeno sobrenatural que estaba sucediendo. Le pedí una explicación, ya que la noche anterior no había comentado nada; se quedó muy pensativo y después de unos minutos Evaristo le dijo que tenía la obligación de ponernos sobre aviso de lo que estaba sucediendo. Fue hasta ese momento que el pastor reaccionó: "Sé que les extrañará esto, pero cuando jugaron con la ouija se conectaron con otra dimensión, y por la hora en que la jugaron invocaron al demonio. Por esto fueron los insultos de la tabla y la advertencia de no jugarla después de las seis de la tarde. Al parecer este ente o espíritu se posesionó del cuerpo de Emmanuel, y por lógica habita dentro de él".

El exorcismo

Al fin el pastor continuó: "Emmanuel no quiso entrar a la iglesia porque es un lugar santo, también por esto él no se encuentra aquí. La intención de reunirme con mis hermanos de religión es arrojar a este demonio fuera de la casa, por lo que les pedí que dejaran abierta la Biblia en el salmo 91, el cual es para exorcismos.

"Ahora tomémonos de las manos y empecemos el rezo para tratar de lanzar a este demonio; además estoy seguro de que no se encuentra solo". Realmente no sabría cómo tomaron los demás esta explicación, pero estoy seguro que lo que todos deseábamos en esos instantes era que la pesadilla terminara de una vez por todas.

Al tomarnos de las manos empezó el rezo dirigido por el pastor diciendo con gran fuerza: "Dios mío, ayúdanos a sacar de esta casa al demonio que se encuentra arraigado aquí. Dios mío, pon tu mano santa en este hogar y protégelo". En ese momento abrió la Biblia con el salmo 91 a la vista, me la entregó y la coloqué en la sala en igual posición; y continuando el rezo dijo: "Dios santo, derrama tu sangre preciosa en esta casa en este momento y arroja al espíritu de las tinieblas que se ha rebelado contra tu voluntad, desafiando tu corazón, Señor". Poco a poco la casa se empezó a llenar de una neblina, se empezaron a azotar las puertas y los vidrios empezaron a temblar; conforme el fenómeno aumentaba más y más, el pastor y todos nosotros nos encontrábamos aterrados ya que nunca se había presentado un evento de tal magnitud.

Mayor fue la sorpresa cuando uno de los vidrios estalló como si algo hubiera salido de la casa con mucha furia. En ese momento el pastor dejó de rezar muy cansado y muy aturdido y con una voz aterrada dijo: "¡No es posible! La Biblia esta sangrando". Al escuchar esto, todos vimos que el libro sagrado se encontraba manchado de sangre sin ninguna explicación coherente. Los religiosos se hincaron diciendo: "Dios mío, gracias por tu ayuda divina, que nos protegió, pues en esta casa se encontraba el mismísimo demonio". Nos tranquilizamos todos y tomamos un poco de agua. Sofía se fue a la cocina muy confundida. Al notarla tan extraña me dirigí a ella preguntándole si se encontraba bien por lo del embarazo. Dijo: "Carlos, ¿será posible lo que todos vimos y sentimos? ¿Será posible que realmente estuviéramos viviendo con un espíritu o demonio?". Sin poder responderle la abracé y fui con ella a la sala donde se encontraban todos los demás. El pastor y sus acompañantes se despidieron diciéndome: "Al parecer era muy fuerte lo que estaba en tu casa, pero creo que con la bendición de Dios se ha retirado. Si notaran algo raro háblame, que yo estaré aquí para ayudarlos, o comunícate con Evaristo. Ahora nos retiramos ya que me encuentro muy cansado. Buenas noches".

Horas después Emmanuel volvió, cuando ya todos estábamos dormidos, se recostó y se quedó dormido. Cerca de la madrugada nos despertó, ya que a pesar de que estaba dormido se reía con unas carcajadas estruendosas. Todos nos paramos a mirarlo; efectivamente se encontraba dormido, pero se reía. Al acercarnos abrió los ojos y dijo: "Pobres pendejos, nunca podrán conmigo". Norma se dirigió hacia él, agresiva, diciéndole: "Ya basta, Emmanuel". Lo sacudió, pareció despertar y dijo: "¿Qué pasa?". Todos estábamos sorprendidos, pues su voz y su mirada habían cambiado.

Sin decir más, realizamos una junta familiar para comentar todo lo referente a la experiencia vivida desde el principio del mes de mayo. Fernando estaba desconcertado y yo estaba convencido de que todo era una broma de Emmanuel. Todos empezamos a presionarlo pidiéndole que nos dijera la verdad. Él se empezó a desesperar, mientras que Fernando se ponía agresivo en su contra; quería golpearlo por las supuestas bromas. Sofía pedía que se fueran de la casa ya que eran muchas noches sin poder dormir y demasiadas tensiones. Emmanuel se paró y gritó fuertemente: "No sé qué me pasa, se los juro, salgo de la casa y siento que me quedo dormido y despierto desnudo en el panteón Sanctorum. Cuando duermo en casa siempre sueño con un señor muy fuerte y agresivo que me empieza a rezar en un idioma extraño y sin saber cómo yo le empiezo a contestar en el mismo idioma, después siento que me queman y desgarran por dentro. ¡Dios mío! ¿Qué me está pasando?". Se echó a llorar y se tapó la cara. Tratamos de calmarnos y tuvimos la idea de comunicarnos nuevamente con el pastor de la iglesia o visitarlo a la mañana siguiente para comunicarle lo que Emmanuel nos platicó.

    Al amanecer traté de comunicarme con el pastor por vía telefónica pero nunca contestó. De regreso a casa me encontré con nuestra amiga Angeles, quien tenía mucho tiempo de no visitarnos. Después de platicar con ella y sin mencionarle nada más que nuestros recuerdos anteriores le pedimos que nos llevara a la iglesia, con el pretexto de ir por unos aparatos olvidados. Salimos de casa, pero Emmanuel no sabía a donde iríamos Norma y yo.

    Ángeles estaba estrenando auto y esto llamó la atención de Emmanuel, quien le pidió que lo dejara manejar. Angeles le entregó las llaves del coche, y ella y yo nos subimos atrás y Norma y Emmanuel adelante.

    En el trayecto, y estando sobre el Circuito Interior, Emmanuel agachó la cabeza repitiendo: "No, no, no", y aumentando la velocidad del carro con la intención de impactarnos contra otro. Norma de inmediato le preguntó "¿Qué te pasa Emmanuel?". Ángeles y yo estábamos desconcertados por su actitud; pensamos que no podía ser una broma por el peligro en que nos encontrábamos. Norma abrazó a Emmanuel para ver qué le pasaba y él le aventó la mano, se le quedó mirando y con una voz ronca y fría contestó: "Yo no soy Emmanuel, puta", al tiempo que echaba la cabeza para atrás y ponía los ojos en blanco, mientras su garganta se inflamaba gravemente. Vimos que nos acercábamos a un trailer a gran velocidad con intención de estrellarnos. De inmediato tomé el freno de mano, logrando así un frenado de emergencia, mientras Norma apagaba el auto; esto hizo que bajáramos la velocidad para estacionarnos. Mientras Emmanuel se recuperaba del trance en el que estaba, Angeles pidió una explicación, que intentamos darle. Por supuesto, esto bastó para que ella nos regresara a la casa y se retirara de inmediato. Emmanuel no podía creer la actitud tan peligrosa en la que estaba, ni el susto que nos había dado.

Ya en casa comentamos con los demás, y Fernando me pidió hablarle a Evaristo, pues en el teléfono del pastor no contestaban. Fue grande mi sorpresa cuando Evaristo contestó y me dijo que teníamos que vernos de inmediato; nos citamos en un conocido café de San Cosme. Mientras esperaba, trataba de reaccionar a todo lo que estaba viviendo junto con mis compañeros. Evaristo entró al café, se sentó y me miró. Entonces dijo: "Carlos, sé que lo que te voy a comunicar es increíble: el pastor falleció la noche que fue a tu casa. Fue sorprendente, él se encontraba en la parte alta del templo y sin ninguna explicación resbaló o lo arrojaron. La verdad no entendemos cómo sucedió, pero la caída fue fatal; la policía obviamente declaró un accidente, pero estamos seguros de que no fue así. Carlos, yo quisiera ayudarte pero creo que la persona más preparada para esto ya no existe. Encomiéndate a Dios e intenta localizar a otra persona especializada en esta materia, ya que nosotros nos sentimos incompetentes para luchar contra estas fuerzas malignas".

Sin decir más se paró y se fue. De regreso a casa Norma, Fernando y Emmanuel no se encontraban allí. Sofía me explicó que habían ido a buscar a la bruja Margarita para pedir ayuda. Le comenté sobre mi plática con Evaristo y se quedó muy callada; después de unos minutos dijo: "¿Qué podemos hacer? Estoy desesperada por todo esto, tengo miedo por nuestro hijo, me encuentro angustiada". Pasaron algunas horas y regresaron los muchachos. Fernando me jaló a la cocina para platicarme lo que dijo la bruja: se había puesto muy nerviosa pues claramente se les había advertido que no jugaran con la tabla después de las seis de la tarde, hora en que según ella se desataban las fuerzas del mal, pero que tuviéramos cuidado ya que este tipo de demonios nunca estaban solos, y que al saber que estábamos enterados de las fuerzas negativas iban a tratar de apoderarse no nada más de Emmanuel, sino de todos los demás. "Carlos, me encuentro realmente espantado, ¿qué podemos hacer?". A lo que contesté: "Fernando, la verdad es que no sé qué podemos hacer". Al explicarle lo platicado con Evaristo, se quedó muy sorprendido, por lo que dijo: "No tenemos de otra, necesitamos por lo pronto ir por agua bendita y tenerla siempre con nosotros". De inmediato nos dirigimos a conseguirla en una de las iglesias de la zona. Ya de regreso repartimos el agua a cada uno de la familia, Emmanuel dentro de su lucidez abrazó el agua, diciendo: "Dios mío, no sé qué me está pasando pero por favor protégeme".

Las noches transcurrían con lentitud y terror, esperando que en cualquier momento se suscitara algo sobrenatural; era imposible dejar el agua bendita, ya que se había convertido en algo indispensable. Cierto día en el trabajo se dio la oportunidad de promocionar a un grupo de música en el Estadio Azteca por parte de la compañía donde laborábamos Fernando y yo, y por consiguiente logramos obtener los boletos del espectáculo para toda la familia. Realmente fue emocionante para todos poder cambiar de ambiente.

Recuerdo que partimos al concierto en la tarde. La verdad, nos pareció bastante interesante, tal vez no fue tanto por el concierto en sí, sino por haber permitido tranquilizar nuestros nervios y mantener nuestra mente ocupada en otra situación. Ya de regreso a casa estoy seguro que toda la familia estábamos pensando en otras cosas, olvidando todo lo referente a la experiencia que estábamos viviendo.

El ente

Más sorpresas nos esperaban esa noche, aunque todo parecía normal; de hecho nos olvidamos del agua bendita y de cualquier otra cosa y lo único que queríamos era poder descansar. Cerca de las cinco de la mañana la niña de mi hermana empezó a llorar pidiendo sus alimentos. Sofía le pidió a Norma que se levantara para atenderla, pero sorpresivamente nos dimos cuenta que ella ya se encontraba de pie, aunque generalmente era muy desentendida de su hija, y por lo regular era Sofía quien la atendía.

Norma se incorporó y salió de la recámara hacia la sala. De pronto soltó un grito aterrador, el cual pudieron escuchar los vecinos y saltó de la puerta de la recámara hacia en medio de las dos camas gemelas (que por cierto ocupábamos una Sofía y yo y la otra Norma y Emmanuel). Cuando cayó entre las dos camas nos dimos cuenta que se encontraba aterrada. Sofía intentó abrazarla mientras yo trataba de levantarme; mi asombro fue tal que no podía dar crédito a lo que veía, el ser que tanto se había ocultado entre las sombras de la casa se encontraba parado frente a mí. Era de 1.60 metros de altura con una joroba muy grande, traía puesta una túnica muy larga y sus cabellos parecían pegados como si tuviera años de no bañarse, su agilidad era impresionante ya que se movía demasiado rápido; al ponerse en medio de las dos camas se agachó para tratar de agarrar a Norma, momento en que la luz del despertador digital le alumbró las manos, que tenían unas uñas muy largas y dedos en forma de garras. De repente la Biblia que se encontraba en el buró lo hizo retroceder hasta que sus ojos alcanzaron a ver el Cristo que colgaba de la pared; fue entonces cuando se cubrió el rostro para desaparecer entre una niebla espesa. Pasado este momento Emmanuel prendió la luz para levantar a Norma, que no podía hablar de la impresión que se había llevado.

Todo era un caos, los nervios se apoderaron de nosotros; realmente ese momento era como entrar a otra dimensión, como si el tiempo se hubiera detenido por completo, como si la física se hubiera roto. No podría describir con más exactitud haber sido testigo de este fenómeno pero en el momento que Emmanuel prendió la luz, Fernando, Jorge y Luis entraron a la recámara. Los comentarios fueron muchos, el desconcierto era inexplicable al intentar controlarnos; todos tratamos de buscar alguna explicación pensando que algún ratero u otra persona hubiera penetrado a la casa, pero no era así ya que las puertas estaban cerradas, y no había ninguna posibilidad de eso.

Al salir al patio, notamos que todos los vecinos se encontraban ahí, nos encontramos con la sorpresa de que ellos habían escuchado el grito de terror de Norma, pero inexplicablemente se habían quedado inmóviles en sus camas sin poder incorporarse. Toda esta gente se encontraba desconcertada y con un terror de regresar a sus respectivas casas, ya que sin que nosotros estuviéramos enterados, todos ellos habían tenido experiencias inexplicables, tales como prenderse y apagarse las luces o los objetos eléctricos, o abrirse las puertas y ventanas. En el desconcierto preferimos entrar a la casa nuevamente para tratar de analizar lo suscitado y calmarnos; ya dentro Fernando mencionó que al escuchar el grito igual que todos nosotros, trató de pararse pero se quedó paralizado. Jorge sí logró incorporarse y de hecho había tratado de entrar, pero la cortina que separaba los cuartos, una simple cortina de tela que cualquier viento podría mover, se había convertido en esos momentos en una pared de concreto que no pudo moverse mientras el fenómeno se había presentado. Luis, por su parte, era sordomudo de nacimiento, pero dentro de su sorpresa desesperadamente trataba de decirnos lo antes expuesto; por lo demás, era imposible que él hubiera podido percatarse del grito de Norma. Por su parte Emmanuel contaba lo mismo de no poderse levantar en el momento y que con un gran esfuerzo pudo moverse para prender la luz de la recámara; Sofía y yo describimos lo increíblemente visto. Al hacer todos estos comentarios Norma se empezaba a calmar, ya que antes estaba histérica. La dejamos más tranquila para que pudiera comentarnos lo que había visto. Con gran esfuerzo comenzó a mencionar que no había podido dormir en toda la noche y cuando su niña empezó a llorar (fue cuando Sofía le pidió que se incorporara para atenderla), ella ya se encontraba de pie. Posteriormente dijo: "Al levantarme tomé el biberón y me dirigí a la cocina, pero al salir de la recámara me lo encontré a un lado de la puerta, lo miré de abajo hacia arriba, traía puesta una especie de sotana, pero al ir levantando la cara me percaté de que traía algo en la mano derecha, era una guadaña, e intentó agredirme, fue cuando lo traté de aventar, pero al notar que mis manos lo traspasaban el terror me invadió y mi reacción fué saltar en medio de las dos camas para intentar ocultarme, pero al mirar que había entrado se agachó y me tomó con una de sus manos, era delgada y muy fría, hasta ahí no supe más, ya que me tapé la cara esperando lo peor. Claramente sentí cómo me araño el tobillo, ¡miren!".

Fue sorprendente mirarle la pierna, realmente tenía los arañazos. Esperando el amanecer, empezamos a alistarnos para ir a trabajar y tratar de dar solución a esta pesadilla. De pronto, cuando Fernando estaba tendiendo su cama, empezó nerviosamente a comentarme que todo lo que estaba sucediendo tenía que ser como ya nos habían dicho, algún espíritu que se había metido y por medio de la ouija se había hecho presente, la verdad ya eran muchas coincidencias, la muerte del pastor y quedarse todos paralizados al escuchar el grito de Norma y la serie de fenómenos que se estaban presentando, por tal caso necesitábamos la ayuda de algún sacerdote para que viniera a exorcisar la casa. Al decir esto se encontraba acomodando la sábana. En el momento en que metió las manos entre la pared y la cama gritó fuertemente y al sacarlas estaban arañadas. De inmediato llamé a todos para poder localizar cualquier cosa que hubiera podido ocasionar el accidente, pero como de costumbre no encontramos ninguna explicación.

Inmediatamente tomamos una decisión: que lo que se encontrara en la casa, fuera lo que fuera, y que intentara agredirnos, no pensábamos quedarnos con las manos cruzadas. Por eso decidimos buscar la ayuda de otro pastor o sacerdote que se presentara a arrojar el famoso espíritu de la casa. Fernando y yo nos dimos a la tarea de encontrarlos, mientras que Emmanuel y Norma buscarían la solución con la bruja Margarita, quien era testigo de todo lo que había acontecido.

Por lo pronto Sofía se quedaría en la casa de Sol junto con mis hermanos Jorge y Luis. Fernando y yo nos dirigimos a platicar con Evaristo y le pedimos consejo. Él nos comentó que la fuerza que habíamos liberado era muy grande por la conjugación de la hora en que se había dado, y que ellos achacaban la muerte del pastor a lo sobrenatural, por este motivo todos los de su religión se encontraban temerosos de acercarse a la casa, y que lo disculpáramos pero que cuando el ente se manifestó ya había agarrado una fuerza impresionante y únicamente una persona preparada podría destruirlo. Nos dirigimos a buscar a alguien que nos pudiera ayudar en las iglesias católicas. Visitamos los templos salesianos, el de San Antonio de las Huertas, el del Arbol de la Noche Triste, inclusive hasta la Villa de Guadalupe, tratando de encontrar ayuda, pero sin ningún resultado, ya que todos los famosos sacerdotes nos tiraban de locos y se negaban rotundamente a visitar la casa. En la búsqueda el tiempo se fue pasando hasta llegar la noche en que fuimos por Sofía y mis hermanos. Ya en la casa, todos los comentarios habían sido los mismos, toda la gente a la que le habíamos pedido ayuda nos la había negado, incluyendo la misma bruja.

Ya eran varias noches sin poder dormir, estábamos física y mentalmente fatigados, e hicimos el acuerdo que mientras no resolviéramos este problema nos turnaríamos para dormir y así lograr descansar. Mientras nos poníamos de acuerdo tocaron la puerta y Sofía salió para ver quién era. Se encontró con uno de sus tíos, de nombre Sergio, en compañía de su esposa. Estas personas eran espiritualistas. Al abrirle, de inmediato Sergio sin dejar que Sofía le comentara nada le mencionó que la había soñado con la pesadilla que estábamos viviendo; ella en seguida me llamó y me lo presentó. Él mencionó que la casa se encontraba poseída por un espíritu maligno; yo me desconcerté ya que Sergio no tenía forma de saber lo que estaba pasando porque no lo conocíamos ni había ningún trato con él. Sin embargo comentó que su religión era espiritual y todo se dirigía por medio del alma, y así se percató de que la casa y su sobrina se encontraban en un grave peligro; estaba sorprendido. Después de una plática nos mencionó que él no podía ayudarnos pero que por ningún motivo permaneciéramos en la casa esa noche, ya que se desatarían todas la fuerzas del mal, porque el espíritu o espíritus intentarían matarnos para conseguir nuestra alma.

La huida

Allá en la casa este comentario me pareció demasiado fantástico. Sergio notó mi actitud y comentó: "No me crees, ¿verdad? Pues bien, mira la nube negra que se encuentra en dirección a tu casa, es la que impide la entrada de luz y está posada exclusivamente en este sitio". De inmediato miré hacia arriba y efectivamente la nube se encontraba sobre nosotros, era impresionante mirarla ya que todo el cielo estaba despejado, la verdad es que esa nube grisácea venía a darnos el testimonio final de lo que estábamos viviendo. El tío se retiró con el temor reflejado en su rostro.

Sin dudar más, Sofía y yo comentamos con Fernando y tomamos la decisión de que si Emmanuel se encontraba poseído y Norma podría estarlo también tendríamos que mantenernos lejos de ellos hasta encontrar una solución definitiva. Sofía comentó que al estar en la casa de Sol se había comunicado el esposo de ésta, de nombre Javier, el cual estaba de viaje. Sol le informó lo que nos estaba sucediendo y él le pidió lo comunicara con Sofía para que le diera mayor información, entonces ella le comentó a grandes rasgos todo lo acontecido. Al pasarle nuevamente a Sol, éste manifestó que su mamá era una de las brujas más reconocidas de Catemaco, motivo por el cual él tenía muchos problemas con ella ya que no creía en nada de esto, pero viendo las circunstancias, se comunicaría con ella para pedirle su opinión y pidió estuviéramos al pendiente de su llamada. Nos salimos a llamar a Sol por teléfono en espera de tener noticias de su esposo y ella comentó que Javier ya había hablado a la casa de su mamá y no se encontraba, pero le contestó una de sus amigas del pueblo. Javier le pidió un consejo referente a lo comentado previamente con Sofía.

Inmediatamente la voz de la señora se tornó nerviosa diciéndole que su mamá se encontraba en otro pueblo y que trataría de localizarla rápidamente, le dijo también que si el ente o espíritu ya se había manifestado, tendría la fuerza suficiente para agredir a alguien, que procuráramos dormir en otro lado lejos de la presencia de Emmanuel y Norma, quienes tenían el riesgo de ser poseídos, que esperara la llamada de su madre, que ella se comunicaría lo antes posible y que intentáramos alejar a Sofía de esto ya que su embarazo podría resentirlo.

Fernando se comunicó con su familia, para pedirle que nos permitiera quedarnos una noche teniendo el pretexto de que se había derramado un bote de insecticida y la casa se encontraba intoxicada por el aroma de éste. Sin poner ningún impedimento, ya que la casa donde estaríamos era lo suficientemente grande, decidimos dirigirnos de inmediato hacia allá. Antes fuimos a recoger a Jorge y a Luis ya que ellos estaban en nuestra casa, pero en el camino Sofía se quedó parada sin poderse mover. Fernando y yo nos quedamos incrédulos cuando ella nos comentó esto. Entonces le aclaré que como broma ya era suficiente, sin embargo manifestó que no podía moverse, entonces intentamos moverla sin tener ningún resultado; el intento fue positivo cuando decidimos caminar en sentido opuesto. No podría explicar qué sucedió ya que esto resultó ser desconcertante.

Al detenernos sobre la calzada México-Tacuba, Fernando decidió tomar un taxi para recoger a mis hermanos; de hecho detuvimos un minitaxi para dirigirnos por ellos. Ya al estar afuera de la casa empecé a gritarle a Jorge para que saliera; abrió la puerta bastante espantado preguntando qué pasaba. Fernando le contestó que sacara a Luis porque nos iríamos a dormir a casa de su familia. Jorge entró de inmediato; en ese momento nos pusimos a platicar intentando ponernos de acuerdo para justificar la causa por la cual llegaríamos a la casa de la familia de Fernando. El conductor del taxi hizo un comentario. "Disculpen, ¿tienen fiesta de disfraces?". Entonces Fernando preguntó: "¿Por qué?", a lo que el chofer contestó, "Me intrigué por la persona que se encuentra parada en la puerta vestida de monje". Dirigimos la vista hacia el zagúan y efectivamente se encontraba lo que parecía ser un monje sosteniendo su mirada fijamente en nosotros; se hizo hacia un lado de la puerta y se nos perdió de vista. Momentos después salía Jorge con Luis para subirse al carro, pero detrás de ellos salían también Emmanuel y Norma pidiendo que no los dejáramos solos en la casa. Su desesperación era tal que tuvimos que llevarlos. Al taxista se le indicó que en Marina Nacional nos separaríamos para tomar otro taxi. Se detuvo en el lugar y se abordó otro carro; en ese se fueron Emmanuel, Norma, Luis y la hija de ella, y en el taxi original íbamos Sofía, Jorge, Fernando y yo, con rumbo al Palacio de los Deportes, tomando la avenida del Viaducto.

Ya en el trayecto el taxista desconcertado nos preguntó qué nos sucedía, pues en nuestros rostros se dibujaban el terror, la angustia y la desesperación por la pesadilla que estábamos viviendo. Le contesté, "Si te contara lo que estamos pasando, no me lo creerías". Él mencionó que para cualquier problema que tuviéramos le pidiéramos ayuda a Dios ya que él creía tanto en nuestro Señor que siempre tenía su crucifijo colgando en el retrovisor para que lo protegiera de cualquier accidente.

En esos momentos Fernando tenía su brazo a lo largo del respaldo, me hizo una llamada con el mismo para que mirara a Jorge que aparentaba estar dormido. Sofía le preguntó si se encontraba bien y Jorge abrió los ojos contestando con una voz muy ronca y fría, que no correspondía a su edad: "Estúpidos, aquí estoy". La sorpresa fue mayúscula, pues cuando miró el rosario que colgaba del retrovisor se le pusieron los ojos en blanco, abrió la puerta del taxi y trató de arrojarse sobre la avenida Viaducto. Fernando lo sujetó y Sofía empezó a arrojarle agua bendita y yo opté por ponerme a rezar; por supuesto los rezos iban en aumento, el taxista se encontraba totalmente desconcertado apresurando su marcha hacia la casa de Fernando. Al llegar el alboroto fue tal que toda la familia de éste salió apresuradamente y se quedaron impactados de lo que estaban viendo. El taxista quedó tan impresionado que hasta la cuenta se le olvidó cobrar.

En seguida llegó el otro taxi con los demás y se quedaron sorprendidos, ya que nosotros tratábamos de hacer reaccionar a Jorge. Norma, al verlo, intentó acercarse, pero de inmediato Jorge con una voz demasiado extraña le gritó: "Te voy a matar, perra, junto con la mayoría de todos ustedes". Sofía le arrojó agua bendita a la boca, Jorge se desvaneció y lo cargamos para meterlo a la casa. Al recuperarse comentó que sintió que se había quedado dormido y que tuvo un sueño donde nos miraba cómo le estábamos rezando y que trataba de decir que no era él el que estaba dentro de su cuerpo, pero al sentir nuevamente que se quedaba dormido fue cuando se le arrojó el líquido bendito, esto fue lo que lo hizo despertar dentro de su cuerpo nuevamente. Cuando vieron esto, los parientes de Fernando lo llamaron para decirle que no sabían qué problemas teníamos, que él sí podía quedarse pero los demás definitivamente no.

Fernando nos llamó para decirnos esto, Norma se comunicó con una amiga que según ella era bruja. Me pidió que yo también hablara con ella y me comentó que ya se lo había advertido a Norma, que no jugara con lo sobrenatural y que bien merecido se lo tenía por haber desobedecido, pero que no era justo que nos hubiera involucrado a nosotros en este grave problema, que ella nos recomendaba nos dirigiéramos a la casa donde Norma vivía con su primer esposo, lugar que se encontraba curado por ella, con el propósito de que no entrara ningún ser maligno y que lo decidiéramos lo antes posible, ya que conforme se adentrara la noche el ente tendría más fuerza.

Al contarle esto a los muchachos, todos por la desesperación decidimos dirigirnos a dicho lugar, sin importarnos que se enfrentaran Emmanuel y el primer esposo de Norma, de nombre Héctor. También se le comentó a Fernando que si quería se podía quedar con su familia, a lo que respondió que no, que si todos habíamos empezado esto, juntos tendríamos que terminarlo. Para esto nos despedimos y empezamos a caminar hacia la casa de Héctor, que se encontraba en Churubusco a tres o cuatro kilómetros de distancia de donde nos encontrábamos. El trayecto fue pesado ya que las horas de no dormir se manifestaban cada minuto, caminábamos con el temor de que en cualquier momento se presentara cualquier cosa extraña, sin embargo llegamos con bien a la casa.

Ahora el problema sería cómo pedirle a Héctor que nos dejara dormir en su casa con Emmanuel presente, pero afortunadamente se solucionó muy fácil cuando Sofía presentó a Emmanuel como su primo. Tuvimos que levantarlo ya que se encontraba dormido, éste al no ver nada y pensando que veníamos de una fiesta no tuvo inconveniente en dejarnos descansar ya que traíamos a su hija; por esas razones tenía que tomar la mejor actitud para con Norma, obviamente por los problemas personales que traían.

En el interior de la casa me pude percatar de una especie de ramo lleno de ajos colgado en el centro de la sala, al parecer se podía notar un ambiente de tranquilidad. Héctor se fue a dormir; mientras tanto, todos nos acomodamos para dormir en la sala. Todo parecía indicar que el resto de la noche pasaría con calma y quietud pero al transcurrir las horas y llegar a la que se había manifestado el ente en nuestra casa empezaron a temblar los vidrios. Poco a poco la intensidad empezó a cuartearlos. Héctor, que se encontraba dormido, salió corriendo pensando que se trataba de un temblor, al tiempo que se escuchaba un alarido con gran fuerza; fuera de la casa, el grito, que recorrió toda la vivienda, se fue desvaneciendo conforme el movimiento se tranquilizaba. Héctor se quedó con la idea de un temblor, ya que si le hubiéramos comentado algo al respecto no nos hubiera creído.

Cuando salimos de la casa por la mañana, había mucha gente del rumbo comentando lo del grito, que por cierto había recorrido no únicamente la casa sino gran parte de la manzana; muchos comentaban que había pasado la llorona, sin imaginar lo que realmente estaba ocurriendo. De regreso nos detuvimos en la casa de Sol, esperando noticias de la mamá de Javier; al tocar nos encontramos con que Javier se encontraba allí, ya que al enterarse su mamá de la experiencia que estábamos viviendo y que era bastante fuerte y de mucho cuidado, sugirió nos mantuviésemos juntos esperando la llamada de su madre en este lugar. Momentos después sonó el teléfono, Sol contestó, le pasó posteriormente la bocina a Javier, diciéndole que se trataba de su mamá. Él tardó en hablar con ella aproximadamente un par de horas teniéndonos con la inquietud de saber qué estaba pasando. Podría jurar que ese tiempo fue el más largo de mi vida que recuerdo hasta estos momentos.

Al terminar la llamada, Javier salió de la recámara para comentarnos lo que le dijo su madre: "Sé que esto les resultará sorprendente, pero al parecer jalaron o abrieron una puerta interdimensional por la cual se coló algún espíritu. Esto se produjo en razón de que la historia de la tabla ouija se describe desde el tiempo de los egipcios, los cuales la utilizaban con el propósito de tener comunicación con almas en pena; también la hora en que la jugaron, después de las seis de la tarde, se conjuga con la hora en que se desatan las fuerzas diabólicas, según me comentó mi madre. La única forma en que pueden acabar con este espíritu es encendiendo un anafre con carbón, después cortar un pedazo de tela de las pertenencias de cada uno de los que habiten en esa casa, también hay que comprar alumbre junto con venas de chile, se tiene que elaborar un fetiche con todo esto para bendecirlo y posteriormente cuando se prenda el anafre se pone el muñeco a quemar. En ese momento se introducen a la casa, pero es importante que la persona que entre con el anafre sea protegida por otra persona, quien irá leyendo el salmo 91. Este hechizo, según me dijo mi madre, jalará al ente a esta dimensión cerrándole la puerta de regreso, es muy importante aclarar que vean lo que vean, no deje la persona de rezar el salmo 91 y salga después que la persona del anafre. De antemano les recuerdo que la persona que lo traiga tiene que ir esparciendo el humo por debajo de las camas o muebles, es como si estuvieran fumigando".

Escuchamos con atención, la única duda que nos quedaba era ¿quién metería el anafre y quién la Biblia? Nos miramos todos al mismo tiempo. Deduje que Sofía definitivamente no podía ser, por lo de su embarazo, Luis tampoco ya que es sordomudo; quedamos únicamente Fernando, Emmanuel, Norma, Jorge y yo. Rompí con el silencio opinando que deberíamos ir todos por protección de lo que pudiera ocurrir. De pronto Fernando se levantó y dijo: "Mira, Carlos, sé que esto lo empezamos juntos y tenemos que terminarlo de igual forma, pero te juro que me encuentro tan cansado y débil que no aguantaría cualquier sorpresa que sucediera". Al observarlo definitivamente entendimos que nos hablaba con la verdad, ya que se encontraba demasiado demacrado.

Norma intentó decir lo mismo con la intención de no ir, pero de inmediato me dirigí a ella y le aclaré: "Mira, Norma, tú lo empezaste y tú lo terminas". En seguida Jorge comentó: "Carlos, yo quiero ir, esa cosa se metió en mi cuerpo, no sé cómo, pero lo hizo y por lo tanto quiero estar presente". Emmanuel de igual forma dijo con gran acierto: "Ya es hora de cobrarnos todo lo que nos ha hecho, por tal motivo creo que los que tenemos que ir somos Jorge, Norma, yo y por supuesto tú, Carlos, ya que se trata de tu casa".

El reto

Donde fuera, iríamos todos y sin decir más nos dirigimos al mercado de Santa Julia ubicado en la colonia Anáhuac a comprar todas las cosas para el hechizo. Al obtener lo que necesitábamos regresamos con Sol a su casa, cuando Javier recordó que tenía que elaborarse todo esto antes de las seis de la tarde. En esos momentos eran las 5:30 p.m. Teníamos diez minutos para llegar (cinco para prenderlo y veinticinco para terminar lo ya empezado).

Nuestra angustia era impresionante, ya que los minutos transcurrían con gran velocidad. Poco a poco nos acercábamos, parecía que el tiempo que nos habíamos marcado se cumplía a la perfección, pero al ir corriendo por la avenida Carrillo Puerto se nos había olvidado un pequeño detalle cuando Jorge se detuvo diciendo con gran asombro y desesperación: "Carlos, el tren está atravesado" (ya que la casa se encontraba muy cerca de donde pasaba éste). Nos detuvimos y mirábamos de un lado a otro el largo tren, el cual se movía con los cambios que normalmente suele hacer. Entonces Emmanuel preguntó: "¿Qué hacemos? Ya son cuarto para las seis". Norma contestó: "Yo no pienso pasar otro día más con esto, así que con tren o sin él, vamos a llegar a la casa, bríquenlo como puedan". Sin pensar más en el ferrocarril, de inmediato nos dispusimos a saltarlo como pudiéramos. En primer término fue Emmanuel con Norma, en seguida les pasé las cosas para el embrujo, siguió Jorge y en el último lugar yo, lo que me costó mucho trabajo, ya que en ese momento el tren estaba poniéndose en marcha. Gracias a Dios no tuvimos más percances, pero sí estábamos preocupados ya que prendimos el carbón cuando faltaban cinco minutos para que dieran las seis de la tarde. Al prenderlo notamos que los vecinos más cercanos ya no se encontraban, que habían preferido cambiarse de casa por todo lo acontecido en la propiedad.

Pasaban de las seis cuando encendimos el anafre y Emmanuel entró a la casa y detrás de él Norma con la Biblia abierta en el salmo 91; Jorge y yo nos quedamos fuera de nuestra vivienda. No podría determinar cuántos minutos pasaron; Norma salió de la casa diciendo: "Ya terminé". Le pregunté: "¿Dónde esta Emmanuel? Norma, te dijieron que tenías que salir después que él". Se quedó callada pero el silencio se rompió cuando Emmanuel salió con una cara de angustia gritando: "Cuñado, cuñado, lo traigo en la espalda". De inmediato me acerqué para jalarlo, cuando Jorge, Norma y yo claramente miramos cómo una mano en forma de garra salía de entre el humo que se había formado junto con la pestilencia del olor a chile. Al mirar la garra lo tomé por los hombros jalándolo fuertemente y recargándolo en la pared del baño. Entonces comenzó la situación, que ya empezaba a sentir familiar.

Emmanuel empezaba a perder el conocimiento y decía: "¡No, no, no!". De inmediato saqué el frasco con agua bendita el cual reventó bañándome totalmente. Al mismo tiempo se le ponían los ojos en blanco a Emmanuel; al instante me quité la cruz que traía colgando al cuello para colocársela, con lo que éste reaccionó. Sin decir más salimos de la propiedad a toda prisa. Al llegar nuevamente a la calle de Carrillo Puerto, Emmanuel varias veces intentó matarse, por lo cual tuve que sujetarlo con gran fuerza al grado de tener que tirarle un golpe en la cara para seminoquearlo. Me volví a ver a Norma, que se había retrasado junto con Jorge, noté que éste miraba hacia atrás en repetidas ocasiones y de repente empezó a gritar: "¡Ahí viene!". En esos momentos algo lo levantó del piso y lo arrojó fuertemente hacia la pared del interior del Colegio Militar. Toda la gente que pasaba por ahí se quedó perpleja sin siquiera intentar acercarse.

Norma incorporó a Jorge, que también se encontraba seminoqueado, y empezó a intentar correr con él, pero éste empezó a decir: "Me esta arañando la espalda, Norma". Norma abrió su Biblia para colocársela en la espalda y poder continuar el camino hasta la casa de Sol. Fue una odisea llegar; ya en la casa de Sol, Norma le quitó la Biblia de la espalda a Jorge, pues decía que lo estaba quemando; cuando se quitó la camisa, nuestro asombro fue enorme al ver que la Biblia le había quemado materialmente la espalda (cicatriz que hasta la fecha conserva). Mientras le curábamos la herida nos comentó que volteó y vio a una mujer muy hermosa y se percató de que se le acercaba pero no iba caminando sino flotando. Y al estar más cerca, esta mujer se estaba descomponiendo en un ser en estado de putrefacción, el cual lo sujetó de los hombros arrojándolo hacia la pared.

Cuando Sol y Javier escucharon esto, de inmediato se comunicaron con la madre de Javier, quien manifestó que si había sido así, tendríamos que hacerlo dos veces más, por cualquier presencia que pudiera haberse quedado. Al decirnos esto Javier, nos armamos de valor y nos quedamos a dormir en la casa de Sol. Al día siguiente fuimos a recoger lo del anafre, pero de antemano sabíamos que no podíamos tocarlo, así que lo agarramos con cuidado, lo echamos en una bolsa y lo arrojamos lejos de la casa, y esta vez a medio día se continuó con la siguiente cura, de la misma forma que la anterior pero esta vez no sucedió nada.

Al tecer día, a la misma hora, se realizó la última cura, pero al sacar el anafre, Sofía se quedó impresionada, pues vio que una cara alargada se empezaba a dibujar en él, cobrando vida poco a poco. De inmediato nos habló sin dejar de observar y vimos al ente dibujado en el anafre; parecía también estarnos viendo, ya que sus ojos se dirigían hacia nosotros, al mismo tiempo que nos sonreía. Echamos las cenizas en un costal y nos comunicamos con Javier para que nos informara qué era lo que estaba sucediendo. Minutos después que Javier se comunicó con su mamá a Catemaco, ésta le informó que había resultado ya que las cenizas lograron recoger al ser de inframundo, pero que se iba a soltar en cualquier momento, que lo arrojáramos lo antes posible y lejos de la casa, donde nunca pasáramos, ya que la primera persona que pasara por ahí se lo llevaría con ella.

Sin decirnos más, Norma y Emmanuel se retiraron junto con esto para tirarlo lo más lejos posible de donde nos encontrábamos. Los fenómenos, así como habían llegado, se fueron. La casa, a pesar de que inexplicablemente no penetraba la luz del día aunque los cristales eran totalmente transparentes, empezó a adquirir una vida normal. Días después Fernando se fue a vivir a Guadalajara, Norma y Emmanuel se pelearon, discusión que destruyó lo que habían intentado formar como pareja, él se regresó a casa de sus padres, mientras Norma se fue a vivir independientemente a Guadalajara, con mi hermano Jorge. Quedamos en la casa únicamente Sofía, Luis y yo con mi ya nacido hijo Carlitos, cuyo nacimiento se adelantó a los siete meses por la experiencia vivida, y el cual provocó con su llegada que penetrara nuevamente la luz del sol a la casa, como antes sucedía, pero con una extraña luz azul iluminando su cunero.

El reencuentro

Quiera Dios que esa pesadilla termine. Pasaron desde mayo de 1982 hasta mayo de 1985 unos años increíbles, llenos de alegrías, ternuras, y sobre todo de mucho amor entre Sofía y yo. Entrando el año de 1986 habíamos dejado de ver a toda la gente que había participado en esta experiencia; de repente, cierto día tocaron a la puerta, al abrir nos encontramos con la agradable sorpresa de que Javier fue a visitarnos, enterándonos que se había separado de Sol por problemas personales y se encontraba viviendo solo y trabajando en una compañía de computadoras.

Para esta fecha yo estaba trabajando en un banco. Platicamos de diferentes temas, muy agradables por cierto, hasta tocar nuevamente el de la experiencia sobrenatural, la cual había dejado marcadas nuestras vidas. Nos preguntó que si ya no habíamos visto o percibido algo, a lo que respondimos que eso se encontraba en el olvido y preferíamos no recordarlo. Entonces nos comentó que un año atrás fue a visitar a su madre, que se encontraba viviendo en otro estado de la República y alejada de todo lo referente a la brujería, y nos manifestó que el demonio que habíamos desatado regresaría a terminar lo que había dejado pendiente, con la intención de llevarse a la mayoría de los que habíamos vivido la dichosa experiencia, que por cierto después de ese día nunca habíamos comentado con nadie. Le platiqué que yo estaba tranquilo con mi familia y trataría de evitar en todo lo posible cualquier tema referente a fantasmas. Sin decir más palabra, únicamente que tuviéramos cuidado, se retiró y quedó en comunicarse posteriormente.

Días después lo comenté con un amigo de nombre Jorge,

con quien había nacido una gran amistad. Él mencionó que el fin de semana se iría con su novia a un pueblo a las orillas de Toluca; su novia tenía una tía que se dedicaba a practicar la magia negra y le comentaría lo acontecido para que le diera su opinión.

Ese fin de semana Jorge se fue con su novia; partieron en la mañana del sábado. Yo estaba con Sofía en la recámara cuando sonó el teléfono como a las diez de la noche, ella contestó. Posteriormente me comunicó con Jorge, que por cierto se escuchaba muy alterado y me dijo: "Carlos, no te duermas, ya platiqué con la tía de mi novia y me dejó muy impresionado, me urge hablar contigo y con Sofía, espérame".

Esa noche lo esperamos hasta que el sueño nos sorprendió. A la mañana siguiente me comuniqué con él, pues tenía la curiosidad de preguntarle qué había pasado. Al contestarme su mamá le pedí que le hablara y al momento me di cuenta, por su tono de voz, que estaba muy triste, y me dijo: "Perdóname, Carlos, pero Jorge ya no te puede contestar, ya que anoche se mató a dos calles de tu casa". La noticia me impresionó tanto que preferí colgar sin decir palabra.

Sofía y yo preferimos tomar esto como una casualidad y no como una advertencia, sin embargo por curiosidad me comuniqué con Javier para preguntarle cuándo regresaría el famoso demonio. Él me respondió que antes de que se cumplieran diez años y que recordara que dicho ente podía estar en cualquier lado, ya que lo único que habíamos hecho era atraparlo y sacarlo entre las cenizas para depositarlo lejos de nuestro alcance y que pensara que la primera persona que pasó por ese lugar de seguro se lo había llevado; entonces le pregunté por qué antes de diez años. Él contestó que no sabía con exactitud pero que eso se lo había comentado su mamá, que nos lo había informado únicamente por decirlo y no con la intención de sugestionarnos, entonces le comenté lo de la muerte de mi amigo Jorge, a lo que aclaré que simplemente se había tratado de una casualidad, que olvidara el asunto, por lo tanto preferimos terminar la comunicación despidiéndonos gratamente. En el año de 1986, el nacimiento de mi segundo hijo (fue mujercita) dejó marcada una nueva trayectoria en nuestras vidas; pasaron los años 1987, 1988 y en el año de 1989 teníamos de amistad a un amigo de nombre Paco, quien visitaba con gran regularidad la casa. Su amistad era muy sincera pero cierto día, mientras comíamos, Paco nos platicó de una amiga de nombre Martha, quien se encontraba desconcertada por una serie de fenómenos que sucedían dentro de su casa. Le pedí que me explicara más sobre el caso y él me pidió que platicara con ella, pues ella vivía con sus dos hijos muy pequeños y estaba desesperada por lo que estaba pasando. Sin hablar más quedamos que el fin de semana siguiente la traería para platicar con nosotros.

El fin de semana se presentó Paco con su amiga; ésta, al conocernos y saber de la historia que habíamos vivido, de inmediato nos empezó a comentar que vivía tranquilamente con su esposo en Rinconada de Aragón, atrás de Plaza Aragón. Cuando empezó a notar que su esposo le era infiel le recomendaron una bruja de nombre Margarita, quien le dio cierto amuleto para atraer de nueva cuenta a su esposo, que se había separado de ella hacía un par de días. Después de la visita a la ya conocida bruja le empezaron a suceder cosas extrañas, como que se le prendieran las luces, los ya conocidos cambios de temperatura y como si algo se subiera a los pies de su cama y a la de sus hijos; los niños estaban aterrados.

Por tal motivo hablé con ella para informarle que nos trasladaríamos a su casa a la mañana siguiente y que por lo pronto se quedara a dormir con nosotros hasta resolver el problema.

Martha estaba muy nerviosa, me pidió que fuera a su casa; me negué al recordar lo que habíamos vivido pero al platicar con Sofía, me hizo notar que si el espíritu o ente que habíamos visto estaba metido en la casa de esta persona era justo que tratáramos de ayudarla, porque quizá haberla conocido no era una simple casualidad.

Ya dormida Martha, Sofía me llamó para decirme que tuviéramos cuidado ya que no podría saber si lo que estaba en su casa era lo mismo a lo que nos habíamos enfrentado, pues la mamá de Javier había comentado que no habíamos destruido al ente que se había invocado años atrás y que podía ser que éste se encontrara dentro de la casa de Martha. Sin embargo le comenté que de alguna forma teníamos la obligación de ayudarla así como alguien nos había ayudado a nosotros. Me comuniqué de inmediato por vía telefónica con Jorge a Guadalajara; cuando me contestó dijo que trataría de evitar en todo lo posible tener contacto con cualquier cosa sobrenatural. Al darle más explicación del caso se interesó de tal forma que de inmediato me pidió que lo esperara, que saldría en el primer vuelo a México y que llegaría en la madrugada. Intentamos descansar y le pedimos su total discreción al respecto mientras se dirigía al punto en donde nosotros lo esperábamos.

Cerca de las 6:00 A.M. Jorge tocó la puerta de la casa. Era evidente que para entonces ya contaba con más edad y tenía mayor criterio y que su inquietud era enfrentar lo que había pasado en 1982. De inmediato pidió ver a Martha, la cual se sorprendió al conocerlo y le impresionó el hecho de que hubiera viajado en avión desde Guadalajara a México únicamente para atestiguar el suceso.

Pensamos dirigirnos a su casa para constatar la serie de fenómenos tan similares a los acontecidos en nuestra experiencia personal. Cerca del amanecer, de nueva cuenta tocaron a la puerta; era Paco, quien nos había presentado a Martha. Su

Panteón Sanctorum donde Emmanuel se despertaba desnudo.

Calle del costado del panteón donde el cuervo picoteó el parabrisas del auto donde venían Norma, Emmanuel y Carlos.

En esta parte de la casa se jugó con la Ouija.

Habitación y mesa donde Norma, Emmanuel y Sol manejaron la Ouija en 1982 (Foto tomada meses antes).

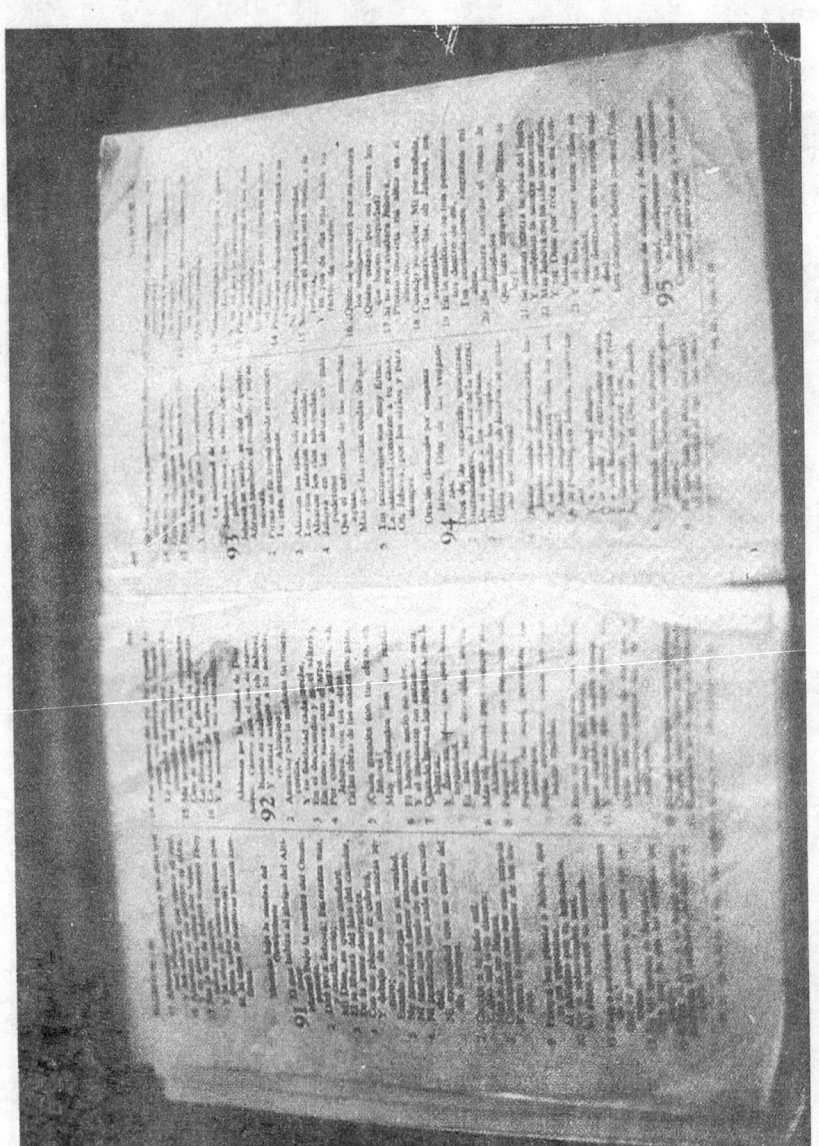

Biblia que sangró durante el exorcismo y que aún se conserva en la casa de Carlos.

Lugar donde se realizó el rezo para sacar al demonio. Hasta la fecha se encuentra abandonada esa parte de la casa.

Dibujo realizado por el señor José Cabello, según la descripción de lo que vieron Carlos y Norma.

Zaguán donde el taxista vio
a una persona vestida de monje.

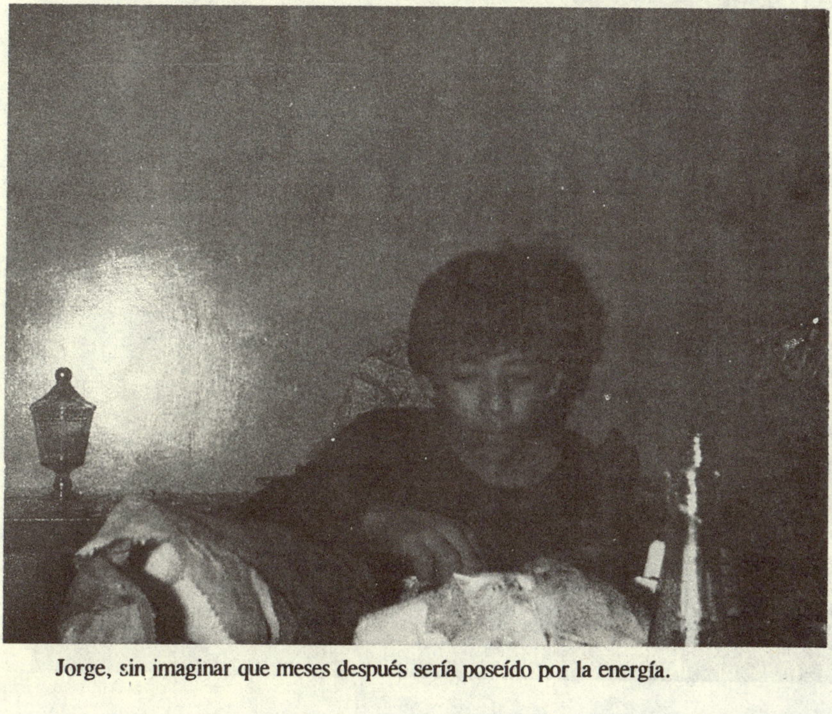

Jorge, sin imaginar que meses después sería poseído por la energía.

Así se encontraba el tren cuando llegaban con los utensilios e ingredientes para la cura.

Lugar donde fue prendido el anafre.

Casa de Martha, actualmente abandonada y que queda como testigo de un suceso sobrenatural.

Jorge (izq.), Charly, hijo de Carlos (al centro) y Paco (der.) quien fue testigo del fenómeno.

Extrañamente los vecinos han bloqueado la entrada al cuarto de la bruja.

Lugar de la casa donde fue agredido Jorgito (novio de Claudia).

De negro y con playera sin mangas, Jorge, quien murió trágicamente antes de llegar a la casa de Carlos.

En las investigaciones hechas por Carlos, acerca de los orígenes de la propiedad, se descubrieron túneles y un pozo dentro de la casa.

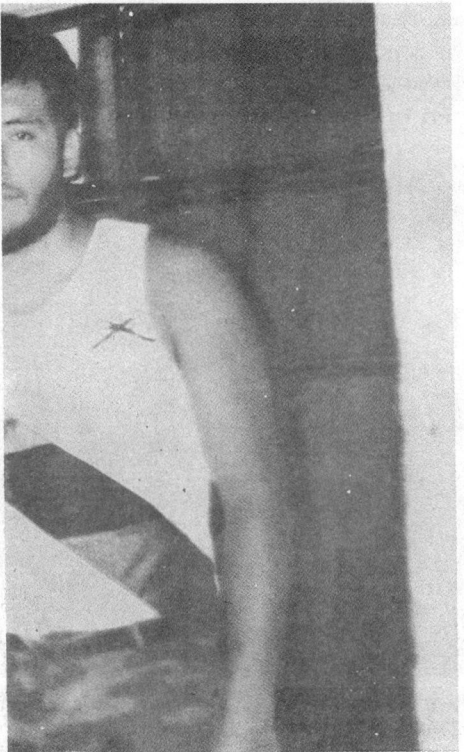

Carlos (izq.), Roberto (centro), encargado del equipo de investigación, Jorge (der.) coordinador del equipo de investigación de Carlos.

Fotografía donde se alcanza a distinguir el ente a la espalda de Jorge.

El primer beso que Carlos dio a Sofía cuando se hicieron novios y que oportunamente un amigo captó.

El destino juega con nosotros de una manera extraña y a veces trágica. La historia, querido lector, ya la conoce. Curiosamente y sin saber nada, quedaron estas dos fotografías como marco de este drama.

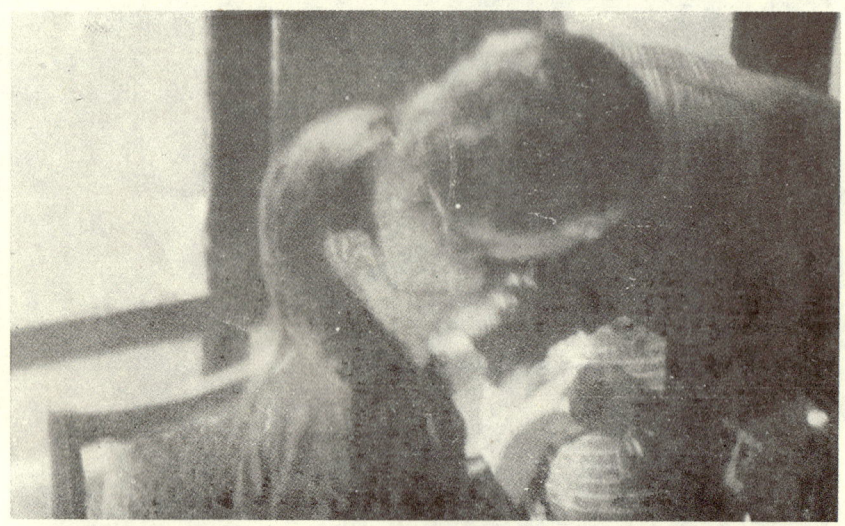

El último beso que se dieron días antes de la dolorosa muerte de Sofía y que también fue captado por un familiar. ¡DESCANSE EN PAZ!

intención, al igual que la de Jorge, era testimoniar los sucesos ya que él se encontraba incrédulo de los fenómenos de este domicilio. Minutos después abordamos el carro de Martha, acompañándola Jorge, Paco y yo. El trayecto fue algo tenso. No podría explicar ni descifrar cómo pasó, pero pude describir cómo era la casa, en qué forma se encontraba distribuida y también cómo estaba amueblada. Lo que llamó mucho la atención de los que viajábamos en el vehículo era que Jorge pudo trasladarnos desde la casa de nosotros hasta la casa de ella sin ningún contratiempo. Al llegar, sin necesidad de que nos señalara su domicilio, nos estacionamos y nos dirigimos directamente a la casa. Al abrir la puerta de inmediato se podía sentir la presencia de alguien y evidentemente lo que fuera nos estaba observando. Claramente también la temperatura empezó a descender y las flores que se encontraban en medio de la mesa ya estaban en estado de descomposición, aunque se habían puesto en ese lugar apenas unas horas antes.

Paco se encontraba demasiado nervioso comentando que sentía que algo se encontraba a sus espaldas. Cuando notamos que éste y Martha se ponían cada vez más tensos preferimos retirarnos para regresar horas más tarde y así tratar de no correr ningún riesgo. De regreso a mi casa le pedimos a Martha que comprara las venas de chile, el alumbre y cortaríamos tela de su ropa y de la de sus hijos, así como también tendría que comprar el anafre para poder llevar a cabo la cura que habíamos hecho nosotros años atrás. Ella de inmediato se dirigió a comprar todo y lo trajo rápidamente. Al ver que se nos hacía tarde y para no arriesgarnos a tener algún percance preferimos quedarnos a dormir en la casa esa noche, sin tener ninguna novedad.

Con la finalidad de evitar faltar a nuestros trabajos al siguiente día, salimos del domicilio al cuarto para las seis de la mañana y procuramos estar en casa de Martha después de las seis para ya casi amanecer. A nuestra llegada todo parecía estar en orden y prendimos el anafre. Paco, ya que era escéptico a estos fenómenos, quiso entrar con el anafre junto con Jorge, que iría leyendo la Biblia. Cuando entraron en el domicilio Martha y yo preferimos quedarnos afuera, así pudimos darnos cuenta cómo las luces empezaban a parpadear fuertemente, al grado de reventar los focos de la sala, luego los vidrios de las ventanas empezaron a vibrar, se fue la luz en toda la unidad, pero sorprendentemente en la casa de Martha permanecieron encendidas hasta que Jorge y Paco salieron. Martha se encontraba abrazada a mí con gran pánico y terror; Jorge nos hizo reaccionar a lo acontecido. En esos momentos optamos por retirarnos de ahí; Paco estaba pálido sin poder decir palabra alguna y emprendimos la huida, ya que lo único que queríamos era estar lo más lejos posible del lugar. Al entrar al auto, se escuchó y vimos claramente cómo los vidrios de las ventanas se reventaban, como si algo o alguien saliera con gran furia de la casa.

Paco gritaba desesperado: "No puede ser, no puede ser". Martha se encontraba sorprendida, me pidió echar a andar el auto. Lo intenté, pero no quiso arrancar, entonces Jorge le dijo a Paco que bajara para que rociara agua bendita en el cofre; al hacerlo, pareció arrancar con gran fuerza, pero inexplicablemente cuando tratamos de movernos del lugar el carro estaba frenado, por lo tanto Paco bajó de nueva cuenta rociando el líquido a todo el vehículo y de inmediato arrancó sin detenerse hasta encontrarnos en casa.

Martha estaba totalmente sorprendida, igual que Paco, quien se encontraba demasiado pálido del miedo. Hasta entonces nos empezó a comentar junto con Jorge que dentro de la casa, al ir pasando el anafre por ciertos lugares de la misma, la lumbre se levantaba a gran altura y el anafre se zangoloteaba fuertemente, tanto que estuvo a punto de aventarlo lejos de él. "Era impresionante, nunca pensé que esto pudiera suceder, que realmente pudiera existir lo sobrenatural".

Jorge por su parte comentaba que la Biblia le temblaba fuertemente en las manos, tanto que tuvo que sujetarla para evitar que se le cayera. Martha estaba desconcertada y Sofía trataba de calmarla mientras ella comentaba lo que había visto. Recordando Sofía que en nuestra experiencia se había encontrado involucrada la famosa bruja de nombre Margarita, pedimos a Martha que nos condujera al domicilio de ésta, con el fin de interrogarla y descubrir la verdad de todo.

Después de habernos aseado y tranquilizado, Paco definitivamente se negó a acompañarnos, retirándose a su casa sin más. Sofía, Martha, Jorge y yo nos dirigimos a la casa de la bruja; el trayecto fue un poco complicado, ya que ésta se encontraba atrás de la plaza Garibaidi. Al llegar a su domicilio, nos encontramos que habitaba dentro de una vecindad casi abandonada y en ruinas; al entrar se podía percibir un fuerte olor a humedad, y claramente se expandía entre las paredes de este lugar. Ya frente a la puerta de la casa tocamos varias veces sin tener resultados; la inquietud que teníamos era conocer físicamente a la persona que de alguna manera había dejado huella en nuestra mente con tan dramática experiencia.

La bruja

Qué otra quedaba, Martha seguía tocando sin tener resultado alguno. Después de más de media hora nos percatamos de que la bruja no se encontraba o no quería abrir, por lo que preferimos retirarnos. Al salir de la vecindad encontramos a varios niños jugando, Jorge se acercó a ellos preguntando por el paradero de la ya conocida bruja, lo más sorpresivo y que jamás nos imaginamos es que estos niños respondieron que esa casa donde habíamos tocado se encontraba deshabitada desde que sus padres eran unos niños y que la famosa bruja Margarita tenía más de veinte años de haber fallecido, según les habían platicado sus padres, y por supuesto éstos les prohibían acercarse a ese lugar, ya que se sabía que ella había sido practicante de la magia negra. La noticia nos cayó como balde de agua fría.

Martha se encontraba confusa, ya que ella había entrado a ese lugar apenas hacía una semana. Por lo pronto Sofía, Jorge y yo nos mirábamos y sin hablar estábamos pensando lo mismo, mientras un escalofrío recorría nuestros cuerpos. Nos dirigimos a la casa para que Jorge se comunicara con Norma a Guadalajara, la intención era lógica: preguntar si ése era el lugar donde habitaba la bruja Margarita. Norma quedó sorprendida al oír el relato y preguntó cómo había llegado ahí. Jorge, interrumpiéndola, le pidió que describiera a la bruja físicamente, a lo que Norma mencionó que ésta era de una edad avanzada con cabellos largos grisáceos y jorobada, supongo que por la edad, y aparentemente siempre usaba el mismo vestido, que era negro.

Una vez aclarada la personalidad de esta bruja, ella le sugirió que intentara olvidar la experiencia vivida con el fin de no meterse en problemas. Cuando le pedimos a Martha la descripción de la bruja nos encontramos con que era idéntica a la dada por Norma. Pensando en algo misterioso recordamos que teníamos que ir a sacar las cenizas de la casa, partimos inmediatamente y al estar afuera de la casa notamos que efectivamente los vidrios estaban rotos y una gran multitud afuera, comentando que se había escuchado un fuerte alarido en toda la unidad. Martha no quiso entrar ya que se encontraba al borde de la histeria, por lo que entramos únicamente Jorge y yo. Era obvio que algo había sucedido dentro de la casa ya que se encontraba bastante oscura y la luz del sol no entraba.

Todo indicaba que habíamos vuelto a encontrar al ente que años atrás se había metido en nuestra casa. Jorge, sin poder dar una explicación, sintió que dentro de la recámara se encontraba un fetiche o algo parecido. Salimos a preguntarle a Martha y nos dijo que era donde se encontraba el amuleto que le había entregado la bruja. Y se quedó sorprendida ya que nunca se le había comentado a Jorge del amuleto, pero ésta respondió que se encontraba en uno de los cajones de su cómoda. Fuimos a sacarlo y efectivamente al abrir este cajón encontramos un frasco negro transparente y dentro se podía dibujar la silueta de un hombre hecho de cera, boca abajo y con un líquido espeso; lo envolvimos en un pañuelo blanco y lo rodeamos de un rosario y posteriormente lo enterramos en el panteón que se encontraba en frente de la casa de Martha; sacamos a la vez las cenizas y las tiramos lejos de ahí para continuar con la segunda cura del anafre.

Después de esto volvimos a la casa y recibimos nuevamente la visita de Paco, quien se encontraba aterrado, pues esa noche lo habían espantado, ya que dentro de su habitación había bajado la temperatura y había sentido claramente cómo algo o alguien subía por los pies de su cama, por lo que nos pedía ir con nosotros a terminar la cura que él también había empezado. Fuimos nuevamente a la casa de Martha para sacar el anafre y terminar con la tercera cura, la cual fue realizada por Jorge, Paco, Martha y yo, y ya estando todos dentro, me tocó prender el anafre. Mientras hacía esto, de reojo pude notar claramente cómo un bulto blanco se me acercó hasta aventarme contra la pared. Al oír el golpe entraron todos preguntando qué había pasado. Les conté y Jorge nos dijo que todavía se encontraba dentro de la casa, pero que ahora ya no se estaba enfrentando a unos niños y que lo íbamos a derrotar costara lo que costara. De inmediato prendimos el anafre esperando cualquier cosa y nos dispusimos a hacer la tercera cura, en la que no pasó nada.

Salimos todos de la casa y esperamos el tiempo suficiente para sacar el anafre; el olor a picante que despedía era exageradamente fuerte; de hecho varios vecinos salieron a preguntarnos qué estaba pasando. Para evitar sus burlas, ya que de antemano sabíamos que no nos iban a creer, contestamos que estábamos fumigando. Minutos después nos dispusimos a sacar el anafre. No entramos únicamente nosotros, sino también varios vecinos que conocían a Martha. Dos señoras comentaron que se veía una cara en el anafre; al oír esto de inmediato nos acercamos y fuimos testigos de que efectivamente se encontraba dibujada la cara de algo que sería imposible describir con palabras. Sacamos las cenizas para ir a tirarlas lejos.

Al arrojarlas recordé que la primera persona que pasara por ahí se lo llevaría consigo y recordé las palabras que tiempo atrás me dijera Javier: que lo que habíamos invocado regresaría para matar a mayoría de los que habíamos vivido la terrible historia de mayo del 82. Realmente este suceso había sido excitante para nosotros pero bastante dramático para Martha, sus hijos y Paco, a quienes dejamos de ver y les perdimos la pista. Nos enteramos de que Martha había vendido la casa donde entonces se experimentó la ya conocida vivencia, para regresar a vivir con sus padres en las afueras de Ciudad Azteca en el Estado de México. Olvidamos en su totalidad el incidente y entramos al año 1990, el cual marcó una felicidad para Sofía y para mí, ya que logramos olvidar las experiencias vividas años atrás y nos dedicamos a trabajar y a cuidar a los niños, que crecían rápidamente. Dentro de este año habíamos conseguido ganar una gran cantidad de dinero, nuestros planes e ilusiones se empezaban a cumplir poco a poco, casi podría jurar que no habitaba en el planeta una familia más feliz que la nuestra, recuerdo que esa Navidad fue inolvidable, se repartieron gran cantidad de regalos para todos los amigos.

Sofía por su parte organizaba la ya acostumbrada posada para los niños pobres. Dios mío, qué dichosos éramos con nuestros hijos. Recuerdo que también el Año Nuevo fue increíble, igual o mejor que la Navidad. Todos los amigos estaban presentes. Recuerdo claramente cómo el amor entre Sofía y yo crecía cada día más. Eramos la pareja más admirada por toda la gente, ya que nos habíamos casado muy jóvenes (para ser exactos a los 16 años en el año de 1980) y cumplir ya diez años no era cualquier cosa, pues muchas parejas se habían desintegrado en el transcurso de este tiempo. Mientras tanto para nosotros había sido increíble.

En 1991, estando dormidos, Sofía se despertó gritando desesperada que no quería morir. Me abrazó fuertemente, intenté controlarla, me incorporé y prendí la luz. En seguida le pedí que me explicara lo que había soñado; ella contestó que tuvo una pesadilla donde se encontraba en un panteón, que la estaban enterrando junto con Emmanuel y Fernando. Intenté calmarla, explicándole que ya teníamos muchos años de no ver a Fernando ni a Emmanuel, que tratara de tranquilizarse, que estábamos en la recámara, que lo mejor sería que intentara recordar los momentos más agradables del día, por fin logramos quedarnos dormidos, aunque un poco inquietos. Al día siguiente Norma se comunicó desde Guadalajara, para informarnos que Fernando, a quien Sofía había soñado la noche anterior había sido asesinado en las afueras de un centro nocturno, en una riña de cantina, donde habían sacado las pistolas y al parecer dos tiros le habían tocado en la cabeza. Al colgar la bocina Sofía se me quedó mirando desconcertada, diciéndome: "Fernando acaba de morir, como lo soñé anoche, ¿verdad?", a lo que le contesté: "Sofía, no te sugestiones, recuerda que muchas veces soñamos lo que puede suceder".

La maldición

"Estés mejor es mi deseo", le comenté. Pasaron varios días y Sofía empezó a demacrarse cada vez más, y siguió una fuerte tos. Al principio pensamos que se trataba de una ligera gripe, pero al pasar el tiempo, en lugar de mejorar empeoraba día con día. Corría el mes de noviembre de 1991.

Se trató con varios médicos, quienes le habían mandado a hacer análisis clínicos que los tenían desconcertados a todos, puesto que no encontraban nada. Buscábamos desesperados una solución y nos dirigimos a buscar ayuda por medio de curanderos y brujas, ellos también se desconcertaron. Decían que algo le estaba quitando su energía positiva, no se explicaban el verdadero origen de su mal.

Se presentó un amigo de nombre Jorge, le decíamos Jorgito, éste llegó acompañado de su novia, con la intención de saludar a Sofía. Durante esta visita Jorgito y Claudia —su novia— estaban enojados, por tal motivo Claudia se puso a platicar con Sofía mientras Jorgito subía a la parte superior, donde se encontraban las recámaras, para fumarse un cigarrillo.

Al estar en este lugar, que por cierto se encontraba vacío, notó que una sombra o bulto recorría las habitaciones y pensando que se trataba de una broma se metió a las recámaras en busca de la persona que se encontraba ahí, prendiendo su encendedor, ya que era de noche. Recorrió las habitaciones para descubrir que se encontraban completamente vacías; cuando intentó salir, la puerta que había dejado abierta se cerró fuertemente, el seguro se puso solo, de inmediato pudo notar que la temperatura de los cuartos empezaba a descender acompañada de un fuerte olor a excremento y sintió la presencia de algo. Miró hacia atrás descubriendo un bulto negro, el cual según la descripción de él, era muy alto. Cuando quiso salir de ese lugar sintió como que algo lo sujetaba de la cabeza y lo arrojaba contra los vidrios de la ventana.

El golpe fue tan fuerte que salimos a ver qué estaba sucediendo. A gran velocidad ya venía con la cara llena de sangre, era notable que algo lo había espantado, ya que no podía ser que él mismo se hubiera lastimado de ese modo.

Al curarlo entre Sofía y Claudia y estando más tranquilos, empezó a describirnos lo acontecido. Cuando se sintió recuperado, se fueron sin regresar durante varios meses. Entonces Sofía y yo empezamos a comentar el suceso, ella se encontraba bastante desconcertada ya que temía que lo que nos había dicho Javier años atrás parecía cumplirse. Tratando de tranquilizarla me comuniqué con Norma a Guadalajara para pedirle el teléfono de Emmanuel, que se encontraba en Hermosillo, ella al contestarme me lo proporcionó, ya que nunca había perdido el contacto, pero tenía varios meses de no hablar con él.

Al terminar marqué a Hermosillo, y me contestó un familiar de Emmanuel; pedí que me comunicara y respondió que había fallecido apenas hacía unos días en un accidente automovilístico, junto con toda su familia. Sin decir una palabra más, impactado por la noticia, colgué el auricular y al mirar a Sofía, de inmediato pudo adivinar lo que había sucedido.

La histeria fue enorme, el sueño de Sofía al parecer se estaba cumpliendo y junto con lo que había pasado (lo de Jorgito), nos confirmaba que el ente había regresado para terminar con lo que había empezado. Nos quedaba una esperanza, ya que Sofía se había sometido a una serie de estudios clínicos, en los cuales tenía que salir el motivo de su enfermedad.

En el hospital, el médico presentó sus análisis diciendo

con las palabras que todavía suenan en mi mente: "Señora, tiene usted cáncer o leucemia, todavía no está confirmado, pero se encuentra usted desahuciada, le quedan pocos meses de vida". La impresión fue dramática, el mundo se nos había hundido, mi esposa, mi compañera desde niña, adolescente y mujer, desahuciada, no era posible.

Toda esa noche me repetía que las muertes de Emmanuel y Fernando estaban ligadas a lo que estaba sucediendo en mi hogar. Durante el mes de diciembre todos los amigos que teníamos, así como la familia, se empezaron a retirar; la soledad no era únicamente interna sino también en la casa. Mis hijos se encontraban desconcertados al ver que su madre se estaba extinguiendo y se sentían impotentes por no poder ayudarla.

Cierto día me encontraba componiendo varias canciones, ya que me había convertido en un compositor cotizado. Al estar con mi guitarra prendí el televisor para distraerme un poco, grande fue mi sorpresa al ver que se encontraban trasmitiendo el programa "¿Usted qué opina?", tomando el caso de fantasmas. Lo primero que me vino a la mente era que tenía la solución en mis manos, que si algo sobrenatural le estaba quitando su energía a Sofía, quién más que una gente que realmente conociera el tema, nos pudiera ayudar. Sin decir una palabra salí corriendo con la esperanza de poder llegar a los estudios de televisión; las piernas casi se me doblaban, pero no sentía el cansancio, mi única meta era exponer mi caso para que alguien me ayudara a salvar a mi esposa.

Al llegar ni siquiera pedí permiso, únicamente me metí al estudio. Fui a la parte de atrás, mientras Nino Canún se encontraba entrevistando a algunas personas. Empecé a llamar su atención y qué tanta sería mi desesperación que cuando me vio, de inmediato me dio el micrófono. Empecé a comentar la experiencia vivida en el año de 1982 y las muertes de mis amigos, así como el hecho de que mi esposa estaba desahuciada, deseaba saber si alguien podía darme alguna solución. Al terminar el silencio fue dramático, era claro que todo el pánel se encontraba desconcertado y al no poder contestar, empezaron a tratar de tomar otro tema paralelo al mismo.

Al término del programa, una serie de fanáticos se me acercaron para darme soluciones, una de ellas era tener fe y acercarme a Dios. Al encontrar puros fanáticos, todavía me quedaba la esperanza de que alguno pudiera ayudarme, empecé a repartir mi número telefónico, en espera de que alguien tuviera la solución deseada.

A la salida me encontré con uno de los parapsicólogos del pánel, de nombre Juan Chia. Se me acercó, diciendo tener la posible solución a mi problema; le apunté mi dirección y quedamos de vernos el fin de semana siguiente. Llegada la fecha Juan Chia, acompañado de varias personas, se dispuso a interrogarnos respecto a lo que había ocurrido.

Para lograr que esta explicación fuera más precisa me comuniqué con Norma, Sol y Jorge, con la intención de que estuvieran presentes en el interrogatorio. Las preguntas fueron grabadas y la entrevista filmada, con la intención de encontrar la solución para poder superar la enfermedad de Sofía. Sin embargo, al término de la investigación, todo el equipo de parapsicólogos se encontraba escéptico, pensando que todo era una mentira inventada por nosotros para darnos publicidad.

Esa tarde poco tiempo después de que se retiraron sonó el teléfono, era un grupo de gente que pertenecía a los Testigos de Jehová. Hicimos una cita para ese mismo día. Acudieron varias personas, las cuales aparentemente nos sacarían del apuro en que nos encontrábamos. Sacaron varios frascos de agua bendita, se untaron en las manos y se pusieron a tratar de sacar al espíritu de la casa, marcando con las manos combinadas con aceite las paredes y manteniéndonos en la recámara para que según ellos no nos hiciera más daño el ente. Pero la sorpresa fue mayúscula cuando mientras estaban en la sala escucharon tremendo grito. Nos asomamos y vimos a dos de estas personas aterradas, comunicándoles a los demás que se les había manifestado. Los restantes estaban incrédulos, diciendo que estas cosas no existían, y entraron todos juntos al cuarto donde supuestamente se había manifestado; pero más grande fue la sorpresa cuando todos salieron corriendo de la propiedad sin darnos una explicación.

La investigación

Te diré: fue tan precipitada su huida que dejaron la puerta abierta. Sofía y yo estábamos desconcertados, todos se habían retirado y únicamente nos encontrábamos en toda la casa nosotros, los niños y mi hermano Luis. Se podía percibir la presencia de alguien, los fenómenos que años atrás se presentaron, se empezaban a manifestar de nueva cuenta, las luces se prendían solas, la televisión igual. Pero habíamos puesto todas nuestras esperanzas en el Sr. Juan Chia, así como en el responsable de la investigación, el Sr. Enrique Dávila. Ellos seguían manteniendo comunicación con nosotros, tratando de dar la explicación más coherente. Lo más extraño de Sofía era que cuando estaba en la casa se ponía muy mal, pero cuando nos presentábamos en alguna iglesia se recuperaba físicamente. Mis hijos se encontraban confusos por todo lo ocurrido. Cierto día se comunicó con nosotros el Sr. Enrique Dávila para comentar que trataría de repetir la sesión espiritista de la misma forma en que se había realizado diez años atrás, que todo estaba preparado para el fin de semana a las nueve de la noche. Al comentarle a Sol, Norma y Jorge se negaron rotundamente, pero les hice notar, sobre todo a Norma, que si algo o alguien le estaba absorbiendo la energía positiva a Sofía, tendríamos que investigarlo a fondo. En esta ocasión contaríamos con todo el apoyo de gente profesional, que podría controlar el fenómeno y destruirlo. La conversación se alargó por más de tres horas, ya que Norma se negaba rotundamente. Dentro de mi desesperación le advertí: "Mira, Norma, Sofía se está acabando por una serie de cosas que tú provocaste, eres directamente responsable de lo que pasa, de todos modos la sesión se efectuará, y si no estás presente te buscaré y te traeré sin importarme sobre quién tenga que pasar". Sin decir más me retiré de la casa de Norma.

El sábado en la noche, según lo previsto, se presentaron los parapsicólogos, pero al parecer en esta ocasión se encontraba al mando el Sr. Enrique Dávila y el Sr. Juan Chia como su segundo. Manejaban a varias personas, que cargaban cámaras fotográficas, grabadoras, monitores, lámparas infrarrojas y cintas magnetofónicas. Parecía que todo estaba planeado para cualquier cosa que pudiera pasar. El Sr. Dávila me mostró un documento, en el cual se autorizaba la investigación exclusiva de todo lo que pudiera suceder y dicha investigación no podía ser exhibida sin mi autorización. Se me estaría informando de todo el material que se filmara o grabara referente a mi casa o al suceso en general. Cuando firmé, todo el equipo que trajo se instaló en la sala y el comedor. Pasadas las diez de la noche, tocaron a la puerta. Entraron todos, inclusive la misma Norma. Estaban sorprendidos al ver el gran equipo técnico y humano que se había reunido. A las once de la noche se apagaron las luces y prendimos varias velas distribuidas en toda la sala y el comedor con toda la intención de crear el ambiente adecuado para el acto.

Se consiguió la ouija, la cual nos prestó un vecino. Todo parecía estar dentro de lo planeado. Sofía y Enrique no perdían detalle, yo me encontraba con Jorge y Luis, y con Juan Chia en la sala. Adentro también estaban cinco personas más, quienes tenían diferentes actividades: entre dos grababan la sesión con cámara de video, otros la grababan en cintas y otro más controlaba las luces. Todo estaba dentro de lo normal, Sol y Norma se dispusieron a manejar la ouija para tratar de llamar al ente, el cual parecía que se encontraba dentro de la casa. Después de varios intentos, que nos trasladaron a horas de la madrugada, Sol se encontraba tranquila y de repente aventó la tabla gritando desesperada. Por su parte Norma estaba desquiciada. En toda la habitación se produjo el caos, todo el mundo trató de salir corriendo, menos Sofía y el Sr. Dávila, quien de inmediato prendió la luz, y en ese momento, como por arte de magia se tranquilizaron las cosas. Le preguntaron a Sol por qué había gritado y qué la hizo arrojar la tabla bruscamente. Mientras otro investigador interrogaba a Norma, que se encontraba al borde de la histeria, al tranquilizarse comentó que lo único que había pasado era el tremendo susto, por lo tanto se esperaba la respuesta de Sol para determinar lo ocurrido. Ella comentó que al estar jugando la tabla miró claramente cómo el ente entraba a la sala, pasaba por en medio de todos y se paraba a un lado de ella, y lo que acabó de espantarla era que el ente la tomaba de la mano diciendo: "Estoy aquí". Al terminar de comentar todo esto, nos reímos, ya que era totalmente imposible que algo pasara por en medio de la sala y nadie lo hubiera visto o notado, por pequeño que fuera.

Posteriormente tuvimos una junta con todo el equipo de investigación, me llamaron para informarme que la investigación quedaba cerrada ya que lo único que pasaba era que había mucha sugestión colectiva, pero que no era nada de importancia, que procurara alejarme de Norma y Sol, quienes eran unas excelentes actrices y estaban provocando todo para divertirse, que les había aplicado un examen psicológico que había determinado que las dos estaban mal emocionalmente y que todo era para confundirnos, por lo tanto se cerraba la investigación. Después me mandarían por escrito todo lo referente a ésta, me dieron su punto de vista y se retiraron. Al quedar Sofía y yo solos, realmente nuestra tristeza fue muy grande, nos encontrábamos como en el principio y aparentemente resignados.

Esa noche, mientras ella dormía, el ambiente se empezaba a sentir extraño, estaba confundido, sin poder determinar qué estaba pasando. De lo único que estaba seguro era que no iba a permitir que mi esposa muriera sin haber luchado hasta el último momento. Pasaron varios días y sonó el teléfono. Era la voz del señor Dávila quien, aparte de saludar y preguntar por el estado de Sofía, mencionó que si recordaba lo ocurrido noches antes; respondí que sí; me pidió que si podrían seguir investigando la casa. Le dije: "Mire, Sr. Dávila, para mí esta famosa investigación ya terminó y la tomé como lo que mencionó: una gran psicosis. Y ya no quiero saber más del famoso ente. Estoy muy molesto ya que en el documento que firmé, se especificaba que de todo lo relacionado con la investigación, se me daría copia y un informe detallado y hasta la fecha no he recibido nada".

"Mira, Carlos, sé que hay detalles que se me han pasado, pero esto es muy importante, porque el famoso ente que se supone que nadie vio está grabado en el video y no hemos podido encontrar explicación alguna. Es muy importante que nos veamos nuevamente". Al escucharlo sentí escalofríos y le dije que retomaran de inmediato las investigaciones, pero que quería ver el video. Contestó que el próximo fin de semana me lo entregarían, a las ocho de la noche del sábado. Se lo comuniqué a Sofía, quien se quedó sorprendidísima, no podía creer lo que estaba escuchando y no podía ser una broma, ya que todas sus esperanzas se encontraban en esa investigación, y si el Sr. Dávila nos estaba mintiendo se estaría burlando de la vida de Sofía, de mi persona, de mi casa y de mis hijos y no era posible que esta persona hiciera tal cosa. Tenía que ser verdad que algo apareció en el video realmente.

Toda la semana fue muy inquieta, pero el día llegó y todos nuevamente nos encontrábamos reunidos con la inquietud de ver el famoso video. El Sr. Dávila, así como todo su equipo, se encontraban en la casa, pero esperarían a un equipo de un famoso programa de televisión el cual grabaría todos los acontecimientos para posteriormente pasarlos en la

televisión para que todo el público se diera cuenta de lo que pasaba. Lo único que queríamos era ver el video donde se encontraba el famoso ente, pero la negativa del Sr. Dávila fue contundente, argumentando que no lo traían. Norma y Sol le mencionaron que si no mostraba el video no participarían en más experimentos, ya que la falta de seriedad que demostraba no correspondía a lo pactado. Él respondió que únicamente pedía que le diéramos la oportunidad de terminar la investigación y que al término de ésta se nos daría un amplio informe de todo. De pronto tocaron a la puerta y nos encontramos con varias personas, quienes pertenecían al programa; empezaron a grabar la casa y colocaron todo el equipo dentro esperando que pasaran las seis de la tarde para poder llevar a cabo la sesión. Nuevamente cerca de las siete de la noche empezamos a preparar todo. En esta ocasión había más cámaras, así como un equipo de grabación muy profesional. Ya cerca de las nueve de la noche empezó la sesesión; estábamos muy atentos a cualquier cosa que pudiera pasar. Norma y Sol eran nuevamente las personas que estaban manejando la tabla, Sofía se encontraba escribiendo lo que pudiera decir, yo me encontraba al ras de la tabla con el fin de verificar que no se estuviera manipulando. Todo se encontraba dentro de lo normal, las preguntas del Sr. Dávila eran:
—¿quién eres?
—pendejo no me quieras retar
—si realmente existes, preséntate
—me creen un imbécil todos tus amigos
—no creemos que existas
—pobre mortal si supieras todo lo que estoy provocando
—preséntate
—me voy a presentar cuando yo quiera, pendejo
—bueno, danos una señal de tus supuestos poderes o danos tu nombre.

Sorprendentemente todas las cámaras y la luz de la casa se apagaron, el ambiente empezó a cambiar, de pronto una de las cámaras que enfocaba la ouija se prendió iluminando la tabla y sin poder determinar qué pasaba ciertas letras de la tabla se iluminaron en azul fosforescente en varias ocasiones, completando la frase "kaz esta aquí, ja, ja ja".

Sin decir más, Dávila empezó a mencionar que le diera más señales, ya que lo que había pasado podía ser falla de las cámaras. Uno de los técnicos comentó: "si realmente está, quisiera que los perros ladraran", los animales empezaron a ladrar. Sorprendido, otro comentó que si estaba diera otra señal. Se le pidió que abriera las llaves del agua; sorpresivamente se abrieron. Al notar que la situación se hacía cada vez más grave; prefirieron cortar por lo sano y retirarse para poder estudiar el fenómeno y determinar alguna respuesta. De nueva cuenta nos encontrábamos en una calle sin salida, ya que no podíamos saber lo que estaba pasando. Pasaron varios días sin tener resultados. Sofía se encontraba cada día más débil sin poder detener el avance de la enfermedad.

Cierto día, al pasar por un puesto de revistas, me encontré con la novedad de que el caso que se estaba investigando había sido publicado en la revista del Sr. Enrique Dávila y el encabezado decía "Terror en la calle Cañitas". La sorpresa fue enorme, ya que jamás había dado la autorización para que se publicaran mi problema ni mi vida privada. Compré la revista y leí cuidadosamente el artículo que describía paso a paso lo acontecido. Me dirigí a las oficinas del Sr. Dávila para pedir una explicación, la cual fue que yo había firmado un contrato con ellos para que pudieran investigar y con eso también podían dar a conocer públicamente el caso. De inmediato pedí que se me mostraran las investigaciones realizadas y que se me dijera si ya se había llegado a alguna conclusión. La respuesta fue la misma: no podían informarme nada hasta no tener la información completa.

Al comentarle a Sofía lo de las publicaciones, se quedó sorprendida y me dijo que eso no era lo que queríamos, ya que se había invadido la privacidad de nuestro hogar. Sus palabras parecían proféticas porque desde ese día mucha gente que había visto el programa donde había pedido ayuda y la revista en todos los puestos se encontraban buscando la casa; también había personas que se paraban arriba de sus carros para poder localizar la propiedad y el alboroto fue en grande. Teníamos que salir casi a escondidas. Al detectar la casa, muchos con engaños trataban de entrar. Viendo la situación, cierto día Sofía y yo pusimos la casa en renta o venta. La intención era evidente, queríamos alejarnos lo más pronto posible.

El drama

"Amaré siempre todo lo de esta casa", me dijo Sofía. Lo más sorprendente era que la renta que pedíamos era muy baja, pero nunca se acercó nadie que la quisiera rentar, y en cambio las dos personas que trataron de comprarla -fue algo extraño-, la primera falleció y a la otra se le quemó su casa inexplicablemente.

Los intentos fueron increíbles, pero al parecer había algo que nos mantenía allí. Cierto día se presentó un parapsicólogo de nombre Leoncio Ruiz, el cual platicó con nosotros. Larga fue la plática y se despidió mencionándonos que trataría de encontrar alguna explicación lógica. Tres días después se comunicó telefónicamente para citarme en sus oficinas. Cuando fui me atendió de inmediato, comentó que los hechos y las investigaciones que ya tenía realizadas demostraban que efectivamente se encontraba un ente en la casa, el cual estaba absorbiendo toda la energía de Sofía. Al preguntarle cómo era posible esto, contestó que al jugar con la ouija era probable que se hubiera abierto una puerta interdimensional, por donde éste entraba y salía a placer y que el tiempo de diez años era lo único que no se podía explicar, pero él daba como un hecho el que se encontraba dentro de la casa un espíritu y la única forma de poder destruirlo era derrumbar la casa hasta los cimientos, pero como eso era imposible que tratáramos de alejarnos o enfrentarlo. La pregunta era ¿cómo?, si todo se había intentado. Al no tener respuesta me retiré del lugar. Al salir el Sr. Ruiz me comentó que trataría de buscar la solución y que se comunicaría conmigo.

Días después se comunicó, informandome que no podía ayudarme ya que el ente que se encontraba en la casa se le había presentado a él y a su esposa cuando iba manejando en la carretera y lo había tratado de matar. Sin dar más explicaciones ni detallar más allá de lo expuesto colgó. Sofía cada día se encontraba peor; dada su situación, se tuvo que internar en el mes de junio de 1992, sin que los médicos encontraran algo definido. Los días pasaron sin tener resultados, la desesperación era evidente.

Un día tocaron a la puerta; era un nuevo amigo de nombre Daniel, quien estaba muy interesado en el caso. Mencionó que él contaba con una amiga que era psíquica y podría ayudarnos a tratar de contactar al famoso espíritu. Estuvimos de acuerdo en vernos a las diez de la noche; me comuniqué con el Sr. Dávila, se sorprendió diciendo que la investigación estaba en su poder y que no podría realizar nada sin su autorización. Le contesté que con su autorización o sin ella la sesión se realizaría, que si quería estar presente, adelante, y mi llamada era únicamente para informarle, no para pedirle permiso; terminó diciendo que asistiría y que lo esperáramos. Ya eran cerca de las diez de la noche y no aparecían ni Daniel, ni Dávila. De repente de una de las habitaciones claramente se escuchó un gruñido. Me paré, en ese momento tocaron a la puerta, era Daniel con su amigo. Se encontraban muy espantados. Cuando entraron empezaron a explicarme que habían ido a buscar a la psíquica, ella se encontraba en su oficina. Al estar enterándola del caso las luces del lugar se apagaron inexplicablemente, ella se quedó impresionada, diciendo que ya se lo habían traído, que se encontraba en la oficina, que es muy fuerte.

Daniel dijo que los interruptores podrían estar descompuestos e intentó prender las luces, pero se quedaron apagadas sin explicación. La señora mencionó que si realmente se encontraba en el lugar, prendiera las luces y, por arte de magia las luces se prendieron, sin dejar duda de que el ente se encontraba con ellos. La psíquica dijo que era tan fuerte que prefería no meterse con él. Sin decir más se retiraron del lugar. Mientras caminaban para tomar la pesera de regreso, varios perros se empezaron a juntar ladrando furiosamente y cuando se acercaban corrían aullando despavoridos. Cuando terminó de contarme todo esto, Enrique Dávila tocó la puerta y se disculpó diciendo que su carro se había quedado parado sin explicación y que había tratado de encontrar un mecánico sin resultados. Al escuchar la versión de Daniel se sorprendió. Le pedí los resultados de la investigación, pero comentó que todavía no terminaban, evitando de nueva cuenta mi petición. Decidí entonces investigar por mi cuenta la historia de la casa y sobre qué había sido construida. Para esto me dirigí a los Archivos de la Nación en busca de datos que me orientaran al respecto.

Después de varios días, me encontré con la sorpresa de que el terreno donde estaba asentada la casa había sido un panteón y que los edificios que se encontraban en frente habían sido un convento donde se habían hallado varios cadáveres y que dentro de la propiedad se encontraba un pozo de varios metros de profundidad. Era evidente que las investigaciones realizadas por el Sr. Dávila tenían que haber descubierto todo. Me dirigí a sus oficinas para exigirle una explicación. Le reclamé por qué no se me había mencionado lo que había descubierto, se quedó callado varios segundos y dijo: "Carlos, no tenía caso inquietarte más de lo que estás, en la investigación todo resultó hasta cierto punto verdad, pero hay cosas que no he podido aclarar, me encuentro confundido. Sé que Sofía poco a poco se está acabando y no sé cómo ayudarla; ya que me encuentro impotente ante esto, los miembros de la investigación se han retirado y el único que está al pie del cañón soy yo".

Salí y me dirigí al hospital. Encontré a Sofía muy mal, casi no podía hablar. Dentro de mí sentía cómo se desgarraban mis esperanzas por salvarla y era desesperante. Hablé con el médico y me mencionó que su vida se escapaba, que esperara lo peor. Bajé las escaleras y me senté para tratar de asimilar lo que estaba pasando, sentí una mano que me tocó el hombro, al voltear me encontré con la enfermera de guardia, quien me comentó: "Señor, en lo particular no creo en fantasmas, pero sé lo que está pasando. Quizá no deba comentárselo pero he notado -no únicamente yo sino varias enfermeras más- cómo un hombre de negro entra a la habitación de Sofía. Cuando entramos a sacarlo nos encontramos que ya no está. Al principio pensamos que era la imaginación de nuestra compañera, pero cierta noche estando varias platicando, lo vimos cómo entró al cuarto y al ir a sacarlo ya no estaba". De inmediato me comuniqué con Dávila para comentar lo ocurrido, me dijo que podríamos llamar a una médium para que nos dijera si había algo que estaba robando la energía de Sofía. Hablé con el doctor pidiendo el permiso para sacar a Sofía y trasladarla a la casa para que la médium pudiera descubrir la forma de salvarla.

Esa noche Sofía se encontraba en la recámara con la médium, con quien realizó la lectura de cartas. Las horas pasaron en suspenso, varias veces salió la ayudante de la médium para pedirnos ramas de eucalipto, que conseguimos hasta cerca de las tres de la madrugada. Casi a las seis de la mañana salió y aseguró que podía curar a Sofía. Al siguiente día interné de nueva cuenta a Sofía, que con todo y los rezos de la médium se ponía cada día peor.

Los días pasaron. Una noche que me encontraba solo en la casa tocaron a la puerta. Era Sol con un amigo de nombre Polo, el cual entró muy alegre. Se tocó el tema del fantasma, Polo se mostró muy escéptico, empezó a retar al fantasma con una serie de insultos. Estaba parado y seguía con lo mismo, entonces una de las bocinas que estaban colgadas se desprendió y salió volando directo a su cabeza. Él quedó sorprendido; al estar descalabrado miró cómo la lámpara de la sala se agitaba fuertemente de un lado a otro. Era evidente que el ente había aceptado el reto. Sin decir una palabra salió corriendo de la casa. Una semana después regresó con Sol, la cual lo convenció de ir a la casa y se tomó como broma lo ocurrido.

Hablamos de diferentes temas, me disculpé para salir por unos refrescos. De regreso encontré que Polo estaba en su carro aterrado y no quería entrar. Le pregunté a Sol qué había pasado y me comentó que Polo había entrado al baño y al estar ahí sintió una presencia y al voltear se encontró con el fantasma, el cual con voz fría y ronca le dijo que lo iba a matar. Al escuchar esto salió corriendo del baño para refugiarse en su carro. Traté de hablarle para tranquilizarlo, pero decidieron retirarse a su casa. Días después Sol se comunicó para decirme: "Carlos, ¿te acuerdas lo que le pasó a Polo en tu casa? Fíjate que iba en su carro por San Cosme y de repente se quedó sin frenos y se estrelló contra un camión de carga. El impacto fue tremendo y se mató". Me quedé desconcertado pensando si habrá sido una coincidencia o una realidad.

Sofía se encontraba más grave, poco era lo que podía hablar. Recuerdo que ese día platicamos con mucha madurez ya que me dijo que no había remedio y moriría. Mencionó lo que tenía que hacer con ella después de su muerte. Puedo asegurar que fue muy duro para mí tener que escuchar qué tenía que hacer cuando ella pereciera. Le dije que no me dejara solo, que luchara con todas sus fuerzas, contestó que nunca estaría solo, que siempre estaría conmigo. Pregunté cómo sabría que ella estaría presente. "Carlos, para que te des cuenta de que siempre estaré contigo te daré dos señales: la primera es que toda la casa se aromatice de rosas, y la segunda es que vendré después de que me incineres a despedirme de ti y de mis hijos. Si te cumplo esto puedes estar seguro de que existe el más allá y que te estaré esperando". Sin decirnos más palabras nos abrazamos muy fuerte, ese abrazo se fundió en estas promesas

Un triste adiós

Siempre preocupado y de regreso a casa me enteré que pasarían un programa de fantasmas. Al día siguiente me alisté para poder ir. Me encontré en el pánel al Sr. Juan Chia, quien se había separado del Sr. Dávila. El programa pasó sin novedad hasta la primera parte, no faltó quien preguntara qué había pasado con mi caso. El Sr. Chia respondió que había sido un fraude y que no habían encontrado nada. Me sorprendí, no era posible que una de las personas que había testificado tantos fenómenos estuviera mintiendo de tal forma. Después comentó que todo lo habíamos hecho para darnos publicidad.

Era claro que este tipo se había creado una fama de escéptico y si mencionaba la verdad se haría pedazos; tomé la palabra para pedir que se siguiera investigando. Al término del programa se me acercó un sacerdote, me pidió permiso para ver a Sofía, le dije que lo platicaría con ella para pedir su autorización. Esa noche encontré a Sofía muy grave, no podía hablar, con muchos trabajos podía mirarme; al comentarle pareció entenderme diciendo con su mirada que sí. Dos días después el sacerdote se presentó. De antemano se le había comunicado que Sofía había perdido la conciencia y se encontraba en coma. Entró y empezó a rezar pidiendo que si había algo que estaba robando su energía se alejara de inmediato en nombre del Señor. Nunca se le volvió a ver, pero al entrar las enfermeras vieron con gran sorpresa que la persona que estaba en estado de coma y al borde de la muerte estaba pidiendo la cena. Mi sorpresa no fue menor que la de los demás, realmente era imposible que Sofía se hubiera recuperado tan rápido, al grado de que se le dio de alta dos días después. De regreso a la casa nos encontrábamos en la recámara cuando le recordé las promesas que habíamos hecho. Se sonrió con la tranquilidad y ternura que siempre mostró hasta el día en que empezó a decaer.

Tuvimos que llevarla al médico de emergencia y de inmediato la internó. Cierta mañana que fui a visitarla se encontraba en agonía total. La soledad era tremenda, ya que después de haber ayudado a tanta gente, de haber brindado nuestra casa para muchos, nos encontrábamos en la más grande de las soledades. Al abrazarla y tratar de que me respondiera me miró, su mirada no podía decir más que solamente cuídense. Con un esfuerzo sobrehumano decía algo. Acerqué mi oído para que dijera sus últimas palabras: "Te quiero". Después de decir esto murió el 21 de agosto de 1992 dejando como testigos de uno de los amores más grandes y puros a dos pequeños. Esa noche después de haber arreglado todo lo del sepelio, entré a mi cuarto a recordarla y estando más de cincuenta amigos presentes la primera de sus promesas se empezaba a cumplir: toda la casa inexplicablemente se aromatizó de olor a rosas; era increíble, todos trataron de buscar la causa sin poder encontrarla.

Al día siguiente, mientras rezábamos, una de mis amigas me pidió arreglar a Sofía, ya que estaba mal acomodada. Abrió el ataúd y al tocarla se desprendió de su cuerpo el olor a rosas, de la misma manera en que se había impregnado todo el lugar. El día de su cremación les entregué su cenizas a los niños para que las depositaran en la capilla de la propiedad; esa noche me retiré a descansar cerca de las diez. Me encontraba recostado con la luz apagada, las cortinas estaban entreabiertas dando paso a la luz de la calle. De pronto entró Diana, una amiga, y se sentó en la cabecera, pero detrás de ella entraron tres personas. La primera se sentó en la cama, la segunda se quedó parada en los pies de la misma, y la tercera se quedó en la entrada de la recámara. La que se encontraba sentada me tocó la pierna tratando de despertarme; al entreabrir los ojos y pensando que se trataba de una broma, me giré de inmediato. La que se encontraba sentada le dijo a la de en medio, "Vámonos, ya te despediste, él se encuentra cansado". Le reconocí la voz, pertenecía a mi madre, que tenía quince años de muerta. Abrí los ojos para ver a Sofía salir del cuarto. Me paré para buscarla, sin encontrar a nadie. Diana se encontraba muy extrañada, preguntó qué tenía; le pregunté quien había salido de la recámara, contestó que nadie; había estado despierta y no notó nada raro. La sorpresa fue mayúscula, no pude dormir. Cerca de las diez de la mañana bajé al patio donde encontré a mi amigo Jorge, que estaba despierto y nervioso. Al preguntarle qué tenía, contestó. "Carlos, no me lo vas a creer, pero me encontraba dormido cuando me empezaron a hablar. Pensando que eras tú me desperté. Mi sorpresa fue que Sofía se encontraba parada en frente de mí con una señora que podría jurar que era tu mamá. La sorpresa fue tan grande que no pude hablar y lo único que me dijo era que ella se encontraba bien, que no te preocuparas y que ya estaban cumplidas las promesas que te había hecho. Después se sonrió, mencionando que cuidaras mucho a sus hijos". Los fenómenos se fueron de la misma manera que llegaron. Poco a poco las cosas volvieron a la normalidad.

Ha pasado tiempo desde que empezó toda esta pesadilla. Todo me parece un sueño; podría jurar que lo fue. Pero han quedado tantos testimonios que hacen que me regrese a la realidad. No podría precisar si esto se repetirá o no, pero de una cosa estoy seguro: dejó una huella demasiado profunda y dolorosa, ya que el día que murió mi esposa parte de mi dejó de existir.

Segunda parte

Cañitas
un día después

Un día después

Transcurrían los días muy lentamente. Mi depresión era agónica y muy dolorosa. No podía creer todo lo que había vívido y aún esperaba ver a Sofía entrar a la casa de un momento a otro, pero estaba consciente de que esto jamás volvería a suceder. ¿Por qué? No entendía cómo era posible que alguien que estuvo tan cerca de mí y de mis hijos se hallara entonces tan lejos, y que jamás volvería a verla. Mi depresión era grande y por un tiempo me olvidé de mis hijos y me encerré en mí mismo. Sólo ellos, con sus palabras, pudieron ayudarme a salir de ese aislamiento. Pasaba todo el día en la capilla de la casa donde fueron colocadas las cenizas de Sofía para estar con ella y sentir su presencia. La necesitaba tanto... ¡Dios mío!

Un día, al entrar a la capilla vi a mi hija hablando con su mamá. No era la primera vez que esto ocurría, pero no le había dado la debida importancia. La escuché platicar y sentí como si un balde de agua fría me cayera en el cuerpo; me di cuenta de que no nada más sufría yo, sino que ellos también se sentían solos y necesitaban de mí para superar esa gran pérdida. Y casi me fui de espaldas cuando el rosario que estaba colgado sobre las cenizas empezó a menearse de lado a lado, como si contestara cada una de las preguntas de la niña. Noté que la temperatura bajó un poco y esto llamó poderosamente mi atención, pues era un día caluroso. No puedo explicar lo que sentí. Necesitaba hallar una razón lógica para lo que mis ojos veían y me acerqué a la ventana a fin de averiguar si alguna corriente de aire causaba el fenómeno. Pero la ventana estaba cerrada y no había corrientes de aire. Por un momento, tontamente, pensé que tal vez temblaba y miré la lámpara y los objetos que nos rodeaban. Todo permanecía estático, nada se movía, lo único que se agitaba era el rosario. No logré encontrar explicación alguna y llegué a creer que el dolor me estaba volviendo loco. Aquello no podía estar pasando, debía existir alguna explicación: era imposible, sí, pero real. El movimiento era notorio y coherente, pues cuando las respuestas eran afirmativas el rosario se mecía y cuando eran negativas se detenía. Mi hija lo veía como algo normal, no parecía asustada; aceptaba las respuestas y continuaba la conversación con su mamá. No sabía yo que explicación darle a eso. Necesitaba ayuda y pensé que la persona indicada era Daniel, un psíquico que conocí tiempo atrás. No le di más vueltas, llamé y le conté a grandes rasgos lo que había pasado. No pareció sorprenderse, conocía la historia de la casa y me dijo que esperaba algo así. Le pedí que investigáramos juntos lo que allí ocurría, necesitaba su punto de vista, una explicación o al menos una opinión sobre lo que estaba pasando.

Consideré importante que mi hija no se involucrara en esta investigación, pues podría afectarla. Así que escogí una hora en la que nadie estuviera en la casa. Mis hijos se hallaban en la escuela y cuando llego el psíquico nos dirigimos al cuarto y cubrimos toda la habitación con telas. Retiramos cada una de las veladoras y objetos y cerramos herméticamente la ventana, con intención de que nada que estuviera en la habitación pudiera estar provocando que el rosario se moviera o aparentara moverse. Revisamos cuidadosamente el recinto entero para comprobar que no hubiera corrientes de aire, vibraciones o calor. Todo estaba en orden, en el lugar no parecía haber nada fuera de lo normal.

Comenzamos la investigación. Me senté en la silla que estaba frente a las cenizas de Sofía y con cierto temor comencé a hablar esperando una respuesta. Pregunté: ¿Existe Dios? Y sin explicación aparente el rosario se movió de lado a lado. ¡Me había contestado que sí! Estaba sorprendido. Una vez más la temperatura descendió un poco. La atmósfera era un tanto densa, pero esta vez no tuve miedo, era como estar con Sofía, pero en forma y circunstancias distintas. Cuando el rosario terminó de moverse de un lado a otro —ante la primera pregunta— miré al psíquico y su rostro había sufrido una transformación: se veía muy asustado. Él, que siempre se mostraba tranquilo y me decía que no tuviera temor, parecía atemorizado. Yo, además de asombrado, sentía a la vez una extraña alegría y una extraña tristeza. El rosario respondió en forma coherente cada una de las preguntas que hice. Esto nos tenía muy sorprendidos.

Continuamos la investigación a lo largo de varios días. Las preguntas fueron variadas y para mí las más significativas son:

—¿Hay otras personas contigo?
—Sí.
—¿Fuiste tú la persona que vi la noche anterior?
—Sí.

Estaba seguro de que se trataba de ella, había estado junto a mí. Con la segunda respuesta no me quedó duda: existe la vida después de la vida. Daniel dejó finalmente la investigación. Me dijo que no estaba yo loco, que aquello era real y lo tomara con calma, que no permitiera que eso me afectara, sería mejor dejar descansar a Sofía y tratar de superar lo vivido. Me despedí de él, lo acompañé a la puerta de la casa y, por más que quise evitarlo, sentí la necesidad de platicar con Sofía mediante el rosario. Esto se convirtió en una obsesión, era indispensable encontrar respuestas. Así, pasaron meses y continúe con las preguntas:

—¿Seguiremos en comunicación durante mucho tiempo?
—Sí.
—¿Estaremos juntos pronto?
—Sí.

Por un momento esta última respuesta me atemorizó. Muy pronto estaría con ella y, entonces, ¿qué pasaría con mis hijos? Deseé que la respuesta fuera equivocada y a la vez me di cuenta de que esa comunicación me estaba afectando, pues no podía permanecer mucho tiempo alejado del cuarto donde se hallaban las cenizas de Sofía y el rosario. ¿Debía olvidarme de todo y dejarla descansar? No sabía qué hacer. Finalmente pregunté algo que me preocupaba:

—¿El ente está aquí en la casa?

Increíblemente, la respuesta fue sí.

Esto hizo que me pusiera alerta. Ahora estaba seguro de que ese maldito no se había retirado de la casa y en cualquier momento podría atacar de nuevo. Pero las cosas serían diferentes, ya no era aquel muchacho asustado que desconocía lo que pasaba y se rehusaba a creerlo; ahora era distinto, había madurado y aprendido de los golpes de la vida. Necesitaba prepararme para cuando llegara el momento, así que traté de buscar todo lo que pudiera darme una explicación lógica y así lograra entender a fondo el fenómeno que estaba viviendo.

Todas y cada una de las preguntas y de las respuestas quedaron grabadas como testimonio de lo ocurrido, y por más que busqué una explicación jamás di con ella. Mis hijos también pasaban largas horas junto a las cenizas de su mamá, prácticamente todo el día y buena parte de la noche.

Una amiga de la familia los observaba con preocupación. Habló conmigo, me dijo que tomara en cuenta el grado en que se estaba afectando a los niños, pues aunque esto fuera cierto dañaba enormemente a las criaturas, ya que no estaban aceptando la pérdida. Me aconsejaba, con todo respeto, guardar las cenizas y que tratara de llevar una vida normal a fin de superar todo lo que había pasado. Pero ¿cómo superarlo? Esta pregunta no tenía respuesta en ese momento. Sin embargo, entendí que ella tenía razón, así que desmonté las cámaras de video que había instalado en la habitación donde se hallaban los restos de Sofía y guardé las cenizas en mi recámara, respetando la promesa que ella me pidió le cumpliera: "sólo una gran mujer que te ame y quiera a nuestros hijos podrá sacarme de mi casa y depositar mis restos en el mar. Con esto terminará mi historia".

Los días pasaban lentamente y en cada uno me consumía más. Mis planes y proyectos se habían acabado. No tenía futuro ni ganas de continuar o seguir viviendo. El hecho de no conocer la verdad me estaba destrozando.

Alejandra Vázquez llegó una tarde a visitarme. La conversación era la de siempre: cómo me sentía, cómo había pasado la noche. Entre otras cosas, en esa ocasión surgió un pretexto para tomar el álbum de fotos familiares y recordar momentos. Subí por él a la recámara y ella se quedó en la sala. Eran ya cerca de las seis de la tarde y mientras buscaba las fotografías escuché un grito aterrador. Inmediatamente reconocí la voz de Alejandra.

Salí para ver qué había pasado y la encontré muy asustada, llorando con desesperación. Entre sollozos me explicó que estaba viendo la televisión cuando sintió cómo la temperatura bajó, al grado de que tuvo que tomar su abrigo, que estaba en el sillón, y al levantar la mirada vio perfectamente la figura de un monje que se acercaba flotando con las manos extendidas. Recordaba el rostro descarnado del monje y una mirada diabólica. Quiso huir y sintió cómo su garganta era presionada fuertemente. Trató de gritar, de pedir ayuda, y cuando estaba a punto de perder el conocimiento el ente se desvaneció entre una nube espesa y gris. Alejandra apenas pudo salir gateando del lugar y fue cuando gritó.

No me fue difícil creer lo que me refirió por todo lo que había vivido, aunque me pareció un sueño dentro de un sueño. Sin embargo era cierto, Alejandra no mentía. La pregunta que le había hecho a Sofía se confirmaba: ¡el ente estaba en Cañitas!

Con la respuesta de Sofía en la mente, empecé a vagabundear día y noche por la casa, con la intención de ver al ente, de tenerlo frente a mí y ajustar cuentas. Pero también sentía cada vez más la falta de Sofía. En cada rincón, en cada sitio de la casa percibía su presencia, su aroma, y esto aumentaba mi rabia contra el ente. La casa parecía tranquila y normal, como cualquier otra, pero esa calma ocultaba a un ser maligno que vigilaba y aguardaba el momento de lanzar el siguiente zarpazo contra su próxima víctima. ¿Quién sería el siguiente? Mi duda era enorme.

Con el tiempo conocí a un amigo de Alejandra de nombre Sergio, un muchacho muy bien arreglado que me pareció una excelente pareja para ella. Lo llevó a Cañitas para que nos conociéramos y al entrar lo primero que dijo fue que en esa casa había algo muy extraño. De hecho, sentía que algo se escondía entre las paredes o en los cimientos de la casa, y aseguró que había algo diabólico. Traté de no abundar en el tema, pero me sorprendió ver cómo Sergio podía sentir la vibra de la casa con tanto detalle. Por su parte, Alejandra quería que yo le contara lo que había pasado, ya que, según ella, él poseía ciertos dones psíquicos y podría tener contacto con el ente de la casa. Le dije que era absurdo, que ya muchos charlatanes habían pasado por la casa y ninguno ofreció siquiera una respuesta cercana, solamente especulaciones. Sin embargo insistió mucho, sobre todo porque había experimentado el fenómeno en carne propia. Una y otra vez me suplicó que le diera a Sergio la oportunidad de hacer un intento por entrar en contacto con el ente; sólo pedía una noche para que Sergio entrara en trance y se viera qué podía pasar. Ante tanta insistencia, finalmente acepté.

Dos noches después, Sergio, Alejandra y una amiga de nombre Nancy se presentaron. Nancy ya había escuchado del caso y para ella estar en la casa era súper emocionante.

Sergio empezó a llamar al ente y durante varios minutos no pasó nada, pero después de un rato Sergio empezó hablar muy raro y en otro idioma. Estábamos asustadísimos, ya que su voz era muy diferente y de pronto sus facciones cambiaron de manera dramática. La imagen de Emmanuel acudió a mi mente. Era como estar reviviendo todo, pero en este caso se trataba de otra persona. De pronto, Sergio estaba luchando con algo dentro de sí mismo, como si tratara de quitarse de encima a alguien. Gritaba desesperado, se sacudía violentamente y al cabo se escuchó un grito ensordecedor que cimbró la casa. Sergio, al final, parecía dormido.

Cuando quisimos despertarlo, al ver que no reaccionaba Nancy lo abofeteó. Todo era muy confuso. No podíamos despertar a Sergio, su rostro se hallaba enrojecido y sudaba increíblemente. En ese momento Alejandra, Nancy y yo logramos distinguir una pequeña cantidad de niebla que salía del cuerpo de Sergio y ascendía a las recámaras.

Alejandra estaba atemorizada. Nancy salió de la casa corriendo y regresó con una cámara fotográfica, con la intención de capturar la neblina, pero como no logró alcanzarla empezó a retratar a Sergio. Aunque me encontraba desconcertado, traté de tranquilizarlas, pues estaban muy alteradas. En el piso, Sergio temblaba, y cuando traté de hacerlo reaccionar me di cuenta de que estaba helado. Durante varios minutos intenté que recobrara el conocimiento, sin lograrlo.

Sergio finalmente reaccionó con movimientos bruscos, como si fuera un animal, y luego se arrinconó en la sala. No permitía que lo tocáramos y una vez que lo tranquilizamos se negó a hablar del tema. Padecía, dijo, un fuerte dolor de cabeza; entonces le di unas pastillas para quitarle el malestar. Juraba no recordar nada, todo le había parecido un sueño. Como no quería permanecer en la casa, tuvo que acompañarlo Alejandra. Nancy se quedó para comentar lo que había pasado. Al cabo de un par de horas Alejandra me llamó por teléfono. Muy alterada, me dijo que se encontraba en un hospital del Seguro Social con Sergio. Su dolor de cabeza había aumentado enormemente, al grado de que no podía ver ni escuchar. Le pedí la dirección del hospital y me dijo que le permitiera un momento. Me preocupó mucho escucharla gritar, pues no sabía qué estaba pasando. Le hablaba por el aparato y no obtenía respuesta, hasta que una voz masculina contestó. Dijo que era el doctor de guardia y que fuera al hospital del IMSS de Azcapotzalco. Preguntó si era amigo de las personas que estaban ahí. A mi vez, pregunté qué pasaba. La respuesta me lastimó los oídos.

—Su amigo Sergio acaba de morir de un derrame cerebral.

Salí corriendo con Nancy hacia el hospital. Al verme, Alejandra corrió desconsolada a abrazarme. Le pedí me explicara en detalle qué había pasado y entre llantos me dijo que el dolor de cabeza de Sergio era muy fuerte, temblaba, decía cosas incoherentes. Preocupada, optó por llevarlo al hospital para que le quitaran el dolor. Sergio se negaba a ir. De todo lo demás que decía lo único inteligible era que deseaba estar en su casa. Al llegar al sanatorio los doctores inmediatamente lo subieron a una camilla y se lo llevaron. Alejandra llamó a los padres de Sergio para que fueran a verlo, y en seguida, cuando hablaba conmigo, le dieron la noticia del fallecimiento. Estaba desconsolada, le parecía increíble que Sergio hubiera muerto.

En el hospital, esperando que llegara la familia de Sergio, decidí hablarles nuevamente para dar la mala noticia y que llegaran lo antes posible. Los padres tardaron menos de una hora en llegar, desconsolados. Los hermanos y otros familiares lloraban. Debían hacer los arreglos para llevarse el cuerpo, y en cuanto vieron a los médicos que lo atendieron inmediatamente los bombardearon con preguntas: ¿qué había pasado, de qué falleció, por qué no hicieron nada para salvarlo? Los médicos se mostraban desconcertados, no sabían qué decir. La madre de Sergio no daba crédito a lo ocurrido.

El sepelio de Sergio me dejo más dudas; necesitaba aclararlas ya. Sabía, y sentía, que algo pasaba dentro de mí: un cambio que no podía descifrar estaba cerca. Lo que no sospechaba era que el cambio modificaría mi vida para siempre.

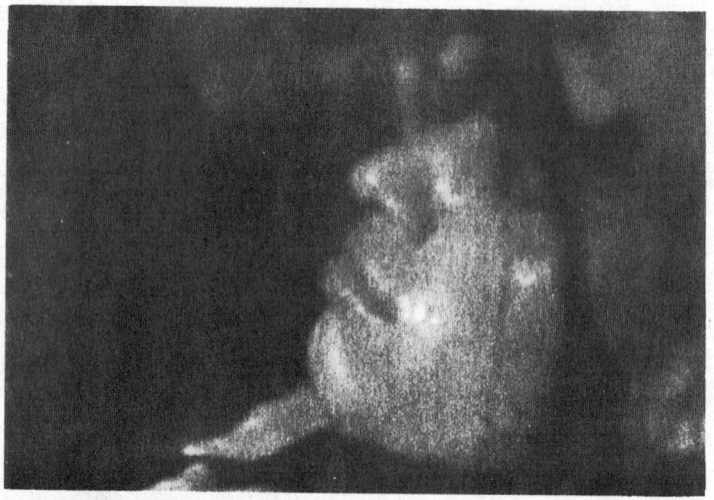

Fotografía oportunamente tomada por Nancy, donde se ve a Sergio poseído.

La tumba

El coraje que me habitaba crecía cada vez más y la angustia por todo lo vivido era muy fuerte. Estaba consciente de que tenía que superar esos momentos tan difíciles, pero ¿cómo? La pregunta fue respondida cuando regresaba a casa. Abdala, un buen amigo que había ido a visitarme, me vio muy mal. No era para menos, pues padecía una depresión muy fuerte.

Abdala, tratando de ayudarme, me visitaba cada vez con más frecuencia y platicábamos sobre lo que me había pasado. Durante muchas horas, a lo largo de varios días, me brindó su apoyo, y un día me invitó a salir de viaje con él para ver si lograba ubicarme. Yo no quería separarme de mi hogar, pero, sin darme oportunidad de seguir poniendo pretextos, se ofreció a pagar todos los gastos y me hizo ver que no tenía caso que permaneciera en México, mucho menos en Cañitas. Mis hijos, además, sufrían demasiado; independientemente de todo lo vivido, esa era mi realidad, mi única realidad.

Sabiendo que Abdala tenía toda la razón acepté viajar, aprovechando el apoyo que me brindaba, y así tal vez lograría poner mis ideas en claro. Pedí a mi tía María que se quedara con mis hijos. Ella me dio su bendición y me dijo que rezaría para que me encontrara a mí mismo.

Con el alma hecha pedazos, el 20 septiembre de 1993 partí a la isla de Cuba. Al despedirme de la casa de Cañitas, un escalofrío recorrió mi cuerpo, como si la casa me dijera que muy pronto estaríamos de nuevo frente a frente. Desde el avión mire a México: me pareció tan pequeño como mi propia vida.

Por su parte, Abdala se esforzaba en apoyarme y darme fuerzas. Jamás hubiera imaginado que él se convertiría en el mejor amigo que pude encontrar en ese momento. Abdala daba su amistad sin pedir nada a cambio, escuchaba mi historia con mucho respeto e interés, aunque no lograba ocultar su incredulidad y repetía lo que antes me habían dicho muchos.

—Todo lo que me cuentas es increíble, Carlos, realmente increíble. Te sugiero que, como terapia, lo escribas. Si lo sigues platicando muy poca gente o nadie te lo va a creer. Mejor escríbelo y cuando regresemos trata de olvidar todo y empieza una nueva vida.

Pasaron unas horas antes de que llegáramos a nuestro destino, la isla de Cuba. Salíamos a diferentes lugares, visitamos muchos sitios en la isla, pero nada de lo que veía lograba cambiar mis pensamientos. Lo vivido en Cañitas golpeaba con gran fuerza mi mente, así que adopté la sugerencia de Abdala y comencé a escribir la historia de Cañitas. Durante varios días no salí de la casa que rentábamos. Me la pasaba sentado frente a la computadora, que se había convertido en mi confidente pues escuchaba todo sin poner cara de incredulidad o criticarme. Me era difícil contener el llanto a cada letra que marcaba; cada frase me traía dolor, rencor, odio. Y así, tras un par de meses, quedó concluido el libro de *Cañitas*.

Una mañana salí a caminar a la playa y me encontré con Abdala, quien con sólo mirarme se dio cuenta de que había dejado atrás el terrible sufrimiento que se había apoderado de mí. Por primera vez, luego de mucho tiempo, sonreí nuevamente.

Una noche, al regresar de una disco, Abdala me miró y dijo:

—Creo que ya estás listo. Es hora de regresar a México, Carlos.

Esto me motivó, ya que tenía muchas ganas de ver a mis hijos. Sin perder tiempo, después de vivir seis meses en Cuba emprendimos el regreso a México.

En el aeropuerto cubano Abdala mostró curiosidad por leer el libro que había escrito, así que me lo pidió y lo fue leyendo. Durante el vuelo no dijo una sola palabra. Estaba muy asombrado y después de la lectura me dio su opinión.

—Con razón nadie puede creerte, esto es imposible.

Platicando y hablando de esa historia llegamos a la casa de Cañitas. En cuanto abrí el portón, percibí la soledad. El árbol estaba deshojado, el patio mostraba un aspecto frío, cada habitación se hallaba envuelta en la soledad y tristeza. Entramos a la sala mientras mi amigo me hacía preguntas sobre los hechos narrados en el libro, tratando de averiguar más sobre lo ocurrido. En eso, fuimos interrumpidos porque la puerta de entrada, sin que nadie la tocara, empezó a abrirse y cerrarse sola, azotándose con fuerza. Me acerqué para ver qué pasaba y me di cuenta de que no había corrientes de aire ni nada que pudiera provocar lo que presenciábamos. Sin embargo, la puerta seguía azotándose cada vez con más fuerza. Después, una silueta humana se dibujó en sus vidrios. Era, sin duda, la figura de un monje. Esta vez los dos lo habíamos visto.

Estupefacto, Abdala se levantó del sillón con el rostro pálido, muy asustado. Repetía que no era posible, que estábamos solos. Él había visto claramente la silueta del monje, y ahora, colocado detrás de mí, emitió un grito de terror, histérico. Yo no entendía nada en ese momento y me acerqué a tranquilizarlo. Abdala me señalaba la parte trasera de la sala. Miré hacia allá y no vi nada. Entonces la puerta comenzó nuevamente a abrirse y cerrarse sola, la temperatura bajó, el frío era excesivo. La sombra que había visto Abdala se hallaba ahora detrás de mí, del otro lado de la puerta, y pude verla. Fue tanta mi rabia que me acerqué a la puerta y la detuve con la mano. Estábamos frente a frente, sólo un vidrio nos separaba. A punto de abrir la puerta en su totalidad, dije:

—No sé quién eres ni de dónde vienes, pero voy a atraparte. Lo tuyo y lo mío, lo que has hecho, es personal. Me las vas a pagar maldito, te lo juro.

Al abrir la puerta para ver a mi enemigo, se esfumó en cuestión de segundos. Abdala estaba atemorizado. Nos sentamos en la sala para tratar de asimilar lo que había ocurrido y tratamos de recordar todo en detalle. Él me decía lo que había visto y no podía creerlo. Yo escudriñaba cada rincón de la casa tratando de descubrir al ente, de ubicarlo, de saber dónde estaba. Sabía que se encontraba espiándonos, percibía muy clara su presencia.

A partir de ese momento empecé una serie de investigaciones sobre la casa, tratando de encontrar cualquier evidencia que pudiera indicarme qué o a quién habíamos despertado años atrás y por qué seguía en la casa. No pensaba cambiarme de Cañitas sino hasta descubrir la verdad de los hechos.

Durante muchos meses empecé a rescatar la historia del terreno. En archivos viejos y empolvados tenía que descubrir qué había sido ese lugar y quiénes sus habitantes.

Tenía muchas dudas, pero las más fuertes eran saber si el ente se retiraba o simplemente se calmaba, y por dónde salía o entraba y cómo. Pensé en realizar un experimento, que consistía en rentar la parte de arriba de la casa, cuidando que las personas que la alquilaran no tuvieran contacto con nadie que conociera la historia. Puse el anuncio en el periódico *El Universal*, en el aviso oportuno. Pasaron varios días y llegaron a la casa algunas personas con la intención de rentar. Varias semanas después encontré a las personas indicadas. Una pareja que se acababa de casar. María Esther y su marido Antonio, él arquitecto y ella maestra de inglés. Habían llegado de Veracruz y en la capital no tenían familia ni amigos. Salían a trabajar a las cinco de la mañana y regresaban a las once de la noche y los fines de semana viajaban a visitar a su familia. Eran la pareja perfecta.

Llegaron a vivir a Cañitas en marzo, con un contrato de un año que vencería en febrero del año siguiente. Durante los primeros meses su permanencia resultó agradable y tranquila, pero una madrugada del mes de mayo empecé a escuchar el llanto desesperado de Mari, y Antonio bajó a pedirme que subiera a tratar de tranquilizarla. En cuanto entré, me preguntó ella qué pasaba en la casa. Pregunté por qué me lo decía y respondió, con cierto matiz de reproche, que hallándose dormida sintió un frío que la despertó; al abrir los ojos vio claramente a un hombre alto, un tanto jorobado y al parecer vestido de monje. Lo vio saliendo de su recámara y, asustada e intrigada, por un momento pensó que se trataba de un ratero. Inmediatamente trató de despertar a su marido, pero él no se levantó, así que ella decidió caminar hacia la sala para tratar de sorprender al ratero. En la estancia se asustó al no ver a nadie, y en eso el estéreo comenzó a funcionar solo y ella sintió a sus espaldas la presencia de alguien. Al darse vuelta se encontró con unos ojos enrojecidos y una mueca aterradora. Fue tan enorme su impresión que echó a correr hacia donde se hallaba su marido y se topó de frente con él.

Quedé muy sorprendido. Ellos no habían tenido contacto alguno con nadie enterado de la historia de Cañitas y mucho menos del fenómeno presente en la casa. Antonio reveló que en esa casa le habían ocurrido muchas cosas extrañas; por ejemplo, las luces o el televisor se encendían solos, la regadera se abría o se cerraba sin intervención humana. Y no encontraban ninguna explicación.

La pareja estaba tan perturbada y aterrorizada que decidieron dejar el departamento nueve meses antes de que venciera el contrato de arrendamiento.

En tal situación, decidí volver a los archivos de la nación a investigar a fondo que había en esa propiedad. Hallé documentos que registraban túneles debajo de la casa y puedo asegurar que más demoré en encontrar esos papeles que en ponerme a escarbar en el patio para localizar todos los túneles descritos.

Una vez, cuando removíamos la tierra, la pala topó con una gran losa al parecer de concreto y al quitarla salió un fuerte olor a humedad. Segundos después, en cuanto se disipó el polvo, Abdala y yo descendimos entre telarañas y lodo. La estructura estaba muy dañada y era evidente que antes de mí habían entrado otras personas. Lo supe al ver las paredes cubiertas por concreto para que resistieran la cimentación de la casa, pero el fondo del túnel seguía intacto. Era muy profundo y nada seguro. Abdala estaba dispuesto a recorrerlo, pero se lo impedí por miedo a que se desplomara la estructura. Preferí tapar el agujero. No sabía si estaba ocultando la verdad sobre la casa o evitaba más muertes.

Investigar Cañitas era despertar el pasado. Un día, un amigo de nombre Antonio me regaló una perra de raza rott. Al retirarse dejó al animal suelto en el patio y la perra empezó a gemir y ladrar. Se dirigió a uno de los rincones y rascó con fuerza la pared de las escaleras que daban a la parte de arriba. No quise quedarme con la duda y empecé a romper la pared. Abrí un pequeño agujero, suficiente para que entrara la luz de una linterna, y me llevé una gran sorpresa al ver un madero enterrado. Esto no era común y no tardé en abrir un gran hueco que dejó a la vista una cruz. Pedí a Luis y a Nancy, la amiga que me ayudaba en la investigación, que llevaran a la perra para que entrara al lugar. Molly —la rott— parecía entenderme y, como si supiera lo que estaba buscando, empezó a rascar con desesperación. Luego, cuando el animal no pudo más por lo duro del suelo, decidí sacarla. Luis trajo un pico para remover la tierra, que estaba muy apretada. Cavamos durante varios minutos hasta que dimos con una lápida. Me acerqué a verla. No era posible descifrar lo que decía, pues las letras estaban muy borrosas, pero la piedra aparentaba ser muy antigua. Inmediatamente nos dedicamos a quitarla y quedamos sorprendidos al descubrir una tumba con restos humanos. Supe después, gracias a los documentos históricos que encontré, que el antiguo cementerio de los monjes de Tacuba se hallaba debajo de la casa de Cañitas.

Fotografía tomada al romper la pared.

Restos humanos (una vértebra y parte del cráneo) encontrados en el lugar. Según la prueba de carbono 14, tienen 450 años de antigüedad.

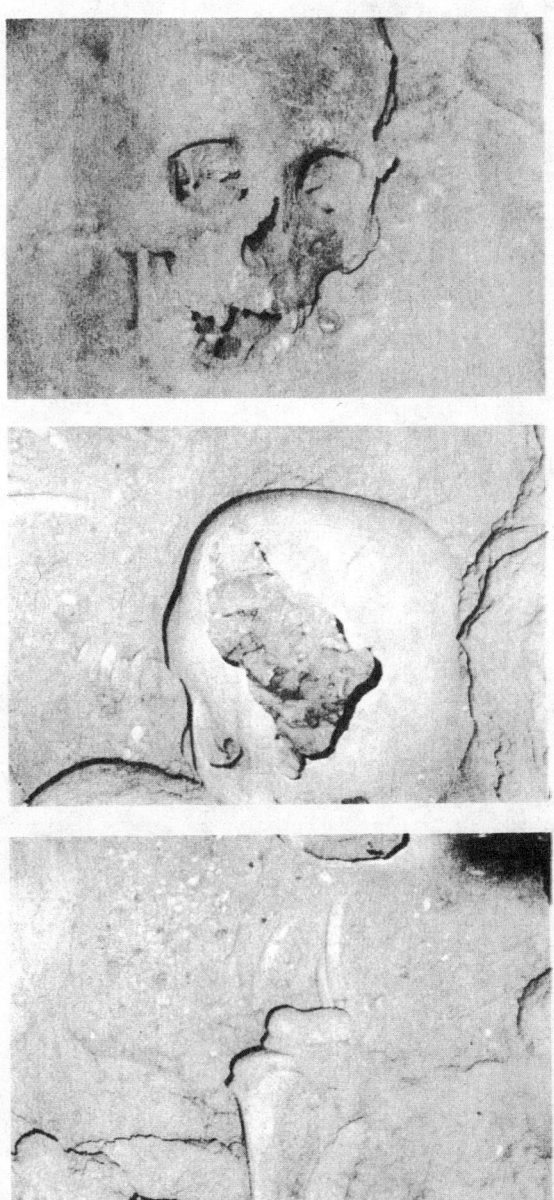

Fotografías tomadas al abrir la tumba hallada en el patio de Cañitas. Con esto se demuestra que el cementerio de los monjes de Tacuba se encuentra debajo de esa propiedad.

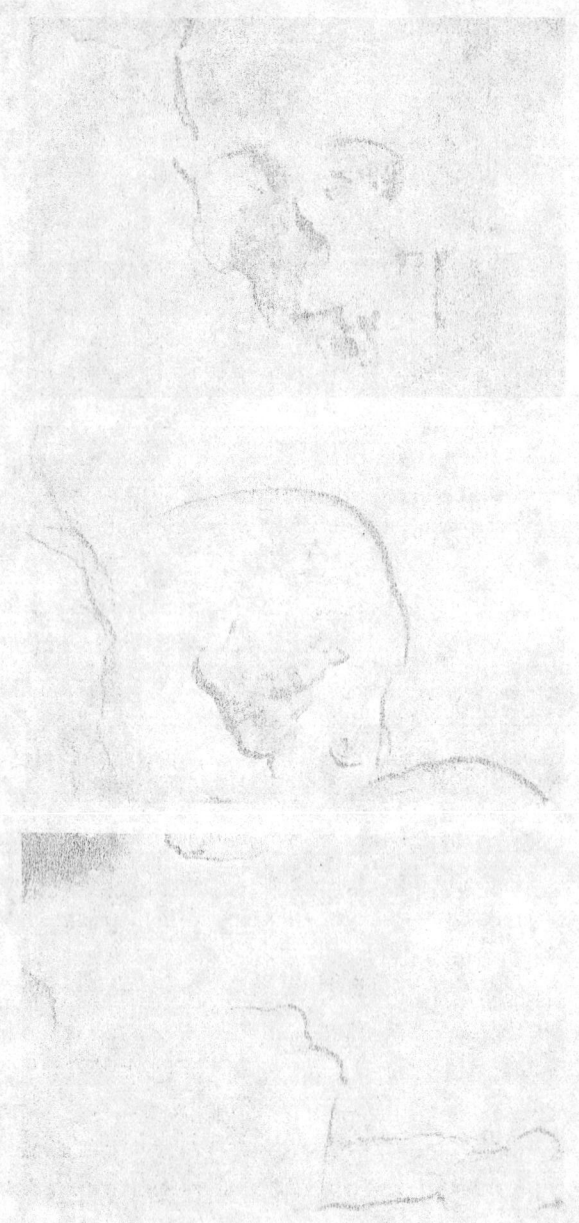

La fotografía

El cementerio de los monjes de Tacuba ya no era una especulación. En verdad se hallaba debajo de Cañitas y era la más clara evidencia de que la investigación iba por el camino correcto. Sin embargo, no me di cuenta de ello sino hasta que Alejandra mencionó que me estaba convirtiendo en un verdadero cazafantasmas. Pero aunque las cosas marchaban bien en la búsqueda del ente y de evidencias de su presencia, otras cosas empezaron a salirse de control. Los vecinos, con quienes jamás habíamos tenido trato y cuyas vidas estaban hundidas en el anonimato, hallaron la forma de llamar la atención de la gran cantidad de personas que se interesaban en Cañitas y acudían a la casa para conseguir información del caso. En especial, recuerdo a una vecina a quien apodaban La Coneja debido a que, se decía, había engañado a su esposo en varias ocasiones y tenido gran cantidad de hijos de diferentes padres. Esta mujer, en cuanto escuchaba que tocaban a mi puerta, salía corriendo y se empezaba a maquillar en plena calle, mientras sus hijas salían con toallas en la cabeza, o como en ese momento estuvieran, para tratar de llamar la atención.

Aunque La Coneja me divertía mucho con ese tipo de cosas, mi atención estaba enfocada en ese momento en la fotografía tomada a mi hermano Jorge, en la cual aparecía un extraño rostro. La foto tenía que ser analizada profundamente, por lo que le pedí a un amigo de nombre Luis Noguez, experto en medicina forense por computadora, que se encargara de examinar la imagen y determinar si se trataba de un reflejo o aparecía realmente un rostro. Le mandé la fotografía por computadora y al abrir el archivo dijo que, efectivamente, parecía haber un rostro, pero debería analizar el documento con precisión, así que me pidió el original y el negativo, además de fotografías de todas las personas relacionadas con la casa. Al día siguiente le presenté una gran cantidad de fotos de diferentes personas. Luis las *escaneó* a fin de buscar puntos de concordancia con la imagen del fantasma, para lo cual señaló y determinó de punto a punto, dónde comenzaba y terminaba cada parte del rostro: cejas, nariz, mentón, frente, cabello, etcétera. Luego comenzó la búsqueda de alguna similitud y al cabo de varias horas encontramos el rostro que, según este análisis forense, encajaba perfectamente con el de una persona, con más del noventa y cinco por ciento de exactitud. El rostro que aparece en la fotografía donde está Jorge es el de Sofi.

Era imposible, Sofía había muerto un mes antes de que se tomara la fotografía. ¿Qué había ocurrido? Desarticular cada uno de las fenómenos paranormales y sobrenaturales del lugar era muy complicado. Tenía que investigar directamente el detonador del fenómeno de Cañitas.

La investigación también abarcó la barda de la casa, donde entre los muros encontré un túnel que rodeaba la propiedad y no conducía a ningún lado. En la época de la revolución mexicana de 1910 lo utilizaban para ocultarse. Días después fui al Archivo general de la nación a continuar investigando y encontré cosas interesantes. En Popotla había existido un templo azteca en el que se realizaban sacrificios humanos; por ese motivo en todo Popotla se hallaban osamentas y otros vestigios humanos, y los restos que yo había encontrado tenían una antigüedad de más de 450 años según la prueba de carbono 14. La historia del lugar y de cómo había cambiado la ciudad seguía despertando mi inquietud por averiguar más. La ciudad de México había sufrido una increíble metamorfosis, tan impresionante como la desaparición de las culturas mismas. Una gran laguna rodeaba toda la primera ciudad; el cerro de la Estrella era una isla, como eran islas San Cosme y Popotla, lugares a los cuales únicamente se podía llegar en canoa.

En cuanto a los hechos de Cañitas, aunque había encontrado yo muchas cosas lógicas, el fenómeno era real y muy escurridizo. Aparecía cuando menos lo imaginábamos, era inteligente, se presentaba ante personas que no lo esperaban. Cuando todo aparentaba estar tranquilo, el fenómeno se manifestaba. Tenía que precisar el sitio del cual salían las apariciones o manifestaciones; tenía que existir un punto que funcionara como receptor para el ente.

El día de mi cumpleaños, 21 de julio, salí a comer con mis hijos, pues ellos habían insistido en que estuviéramos solos. Al volver a casa me encontré con que Alejandra, Antonio, Abdala, Nancy y otros amigos habían organizado una fiesta sorpresa. Fue una velada muy agradable hasta que llegó un amigo de Antonio llamado Memo. A Memo se le pasaron las copas y empezó a retar al ente, lo cual me recordó lo que años atrás había sucedido con Polo. Me puse muy nervioso pensando que podría presentarse alguna situación incómoda, como la anterior. Abdala, Nancy y yo nos mirábamos intranquilos, mientras Antonio trataba de calmar a Memo, cosa que no logró. Como no deseaba correr riesgos, le pedí a Memo que se retirara y él, envalentonado por las copas, se negó tajantemente. Yo no estaba dispuesto a convertir la reunión en un circo y mucho menos a poner en riesgo a las personas que estaban conmigo, así que, le gustara o no, lo saqué de Cañitas.

Pasaron dos días y una mañana tocaron el timbre. Eran los padres de Memo, que me pidieron que fuera a verlo, pues se encontraba inexplicablemente enfermo; no podían entenderlo, en menos de tres días se hallaba al borde de la muerte. De modo que inmediatamente me dirigí al hospital. Cuando llegué, casi toda la familia se había reunido fuera del cuarto. Yo, incapaz de entender lo que pasaba, me sentía muy desconcertado. Me di cuenta de que los familiares y amigos de Memo me miraban intrigados, querían saber si había ocurrido algo que pudiera darles una respuesta de lo que sucedía. No quise decir nada. Ya no estaba seguro del significado de aquellos hechos.

En el cuarto, un sacerdote estaba dándole los santos óleos a Memo. El cura me miró, se me acercó y dijo:

—Tienes que detener esto. No sé cómo lo provocaron, pero debes detenerlo. Que Dios te bendiga y te ayude.

Me dio la bendición y se fue. Quedé solo con Memo y su aspecto me sorprendió mucho. Se veía acabado, era un esqueleto lleno de tubos, en los brazos le estaban aplicando suero y sangre. Era evidente que los médicos desesperadamente intentaban curarlo, darle un poco más de vida. La máscara de oxígeno cubría el ya muy descompuesto rostro de Memo. Me aproximé y le dije que estaba con él. Memo me miró, con gran esfuerzo se despojó de la mascarilla y me dijo que lo disculpara, no sabía que el ente era real. Mas lo había visto.

Después de que lo saqué de Cañitas, refirió, había regresado a su casa y al estarse cambiando para dormir observó en el espejo un rostro descarnado que se reflejaba ante él. Por un momento pensó que era producto de la tremenda borrachera que tenía y que con el susto se le bajó. Conmocionado por la impresión, se recostó y se cubrió la boca para no gritar, pues quería evitarse un regaño. Pensó que era una alucinación alcohólica y después de varias horas se quedó dormido, pero no había pasado mucho tiempo cuando fue arrojado de su cama. Al incorporarse, el aire de su cuarto lo golpeó. Al día siguiente, como tenía el cuerpo lleno de moretones, sus padres le pidieron una explicación, pensando que había tenido otra pelea como tantas en las que se enredaba. El segundo día resultó peor. No del todo tranquilo, tras los hechos de la noche anterior, se disponía a dormir y al cerrar los ojos sintió que algo se encontraba en la habitación. Más tarde comenzó a sentir que le faltaba el aire y despertó. Abrió los ojos —eran ya como las cuatro de la mañana— y vio que el mismo rostro descarnado se hallaba frente a él. Al sentir su aliento intentó gritar, levantarse y correr lo mas lejos posible, pero no pudo, el ente no le permitió incorporarse. Todos sus esfuerzos resultaron vanos y se desmayó. El tiempo pasó sin que él lo percibiera y cuando volvió en sí estaba en el hospital. Sus padres lo habían encontrado muy debilitado, convertido en un cadáver viviente.

Ahora entendía que había cometido un grave error, me pidió perdón y exigió que le jurara que acabaría con lo que lo había dañado. Me extendió su mano, la cual tomé muy desconcertado. Le pedí que recordara algo más que me permitiera ahondar en la investigación. Me dijo que sí, había visto algo que me permitiría terminar con el ente. Y apenas terminó de decírmelo, murió.

En cuanto salí de la habitación, entraron la familia y los médicos. Sólo se escuchó el desgarrador grito de la madre de Memo, tan fuerte que cimbró el hospital.

Luego del entierro, los familiares quisieron saber qué me había dicho Memo. Nunca se los revelé, no me hubieran creído. Pero yo no imaginaba que vendrían momentos aún más difíciles.

En el recuadro superior (al lado del hombro de Jorge) puede observarse el rostro de Sofi. El parecido del espectro con la fotografía de Sofi es asombroso.

En el recuadro inferior puede apreciarse la mano izquierda del ente de Cañitas.

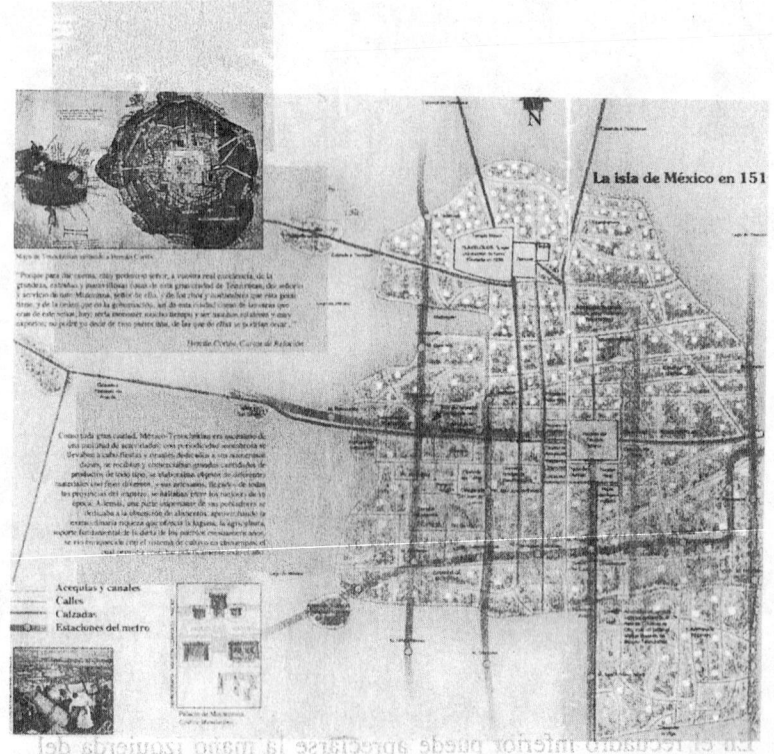

Imagen de la ciudad de México donde se señala la isla de Popotla.

Póstuma

Daniel, uno de los protagonistas de la historia de Cañitas, fue a visitarme al enterarse de la muerte de Memo. Lo acompañaba su novia Yury, que no sabía nada de la casa y mucho menos de la historia. Luego de varias horas, ella pidió permiso para entrar al baño y así lo hizo. Poco después la escuchamos gritar desesperada y subimos corriendo. Escuchamos como si algo golpeara las paredes del baño mientras Yuri gritaba. Daniel rompió un vidrio y pudimos asomarnos al interior. Vimos cómo alguien o algo azotaba a su novia contra la pared con intención de lastimarla. Daniel se alejó de la puerta asustado, y como ella gritaba aterrorizada abrí la puerta para sacarla.

La bajé cargándola y la recosté en la cama de la habitación de abajo. Tenía los ojos en blanco y su garganta empezaba a inflamarse. ¿Se encontraría el ente en la casa esperando el momento de presentarse o de cobrar otra víctima? Daniel, muy alterado, golpeaba las paredes en señal de protesta por lo que pasaba, más porque ya había tenido contacto con el fantasma. Por mi parte, trataba de estudiar la posesión, observaba todo, verificaba la hora, el minuto, el segundo exacto, así como la temperatura. Era increíble, pero en vez de espantarme, un instinto natural me empujaba a calcular con frialdad el momento y la manera adecuados de estudiar el fenómeno.

Daniel y yo decidimos dejar dormir a Yury, pero dimos aviso a su casa de que se encontraba en una reunión para justificar la hora en que llegaría. Como a la una de la mañana ella empezó a recuperarse, y cuando pude recoger su testimonio me dijo lo siguiente:

—Cuando fui al sanitario noté que una sombra se detenía detrás de la puerta. Pensé que se trataba de uno de ustedes, que tocaría para que desocupara rápido el baño. Pero fue muy extraño, la sombra se deslizó por debajo y se paró junto a mí. Se me acercó y sentí claramente sus manos, delgadas, muy largas y delgadas. Con una me tomó del brazo, con la otra comenzó a apretarme fuertemente el cuello. No podía respirar y él comenzó a azotarme contra la pared. Desesperadamente trataba de gritar, pero no supe si me escucharon o no. Perdí el conocimiento hasta que desperté recostada en la cama.

La investigación de Cañitas me tenía muy confundido. Mientras más investigaba, más cosas aparecían y personas que nada tenían que ver con la casa eran dañadas. Caso extraño fue el de Javier Hernández, un amigo que, para no dejar su auto en la calle porque había una fiesta y podrían rayarlo, lo guardó en la propiedad. Varios días dejó el coche en el patio de la casa y una noche, tras abrir el portón y estacionarlo, notó que la placa delantera se había caído. Abrió la cajuela para sacar un desarmador y regresó a acomodar la placa. Eran cerca de las diez de la noche cuando se arrodilló para atornillar la placa y claramente sintió en la espalda algo como de cartón, al tiempo que soplaba un aire muy helado. Pensando que era yo se dio vuelta para saludarme, pero se llevó una gran sorpresa cuando vio a un monje que se encontraba a medio metro de él. El monje lo observó más de 20 segundos, que para Javier se hicieron eternos. Estaba tan asustado que no reaccionó, pero pudo ver la túnica del monje, los brazos cruzados dentro de sus ropas, la capucha echada en la cabeza. Javier lo miró de arriba abajo y, en un parpadeo, el monje desapareció.

Javier tiró la placa en el patio y salió corriendo hacia su casa. Su esposa, al verlo llegar temblando, le preguntó qué le había pasado. Él le dijo que, efectivamente, algo fuera de lo normal existía en la casa de Cañitas. Describió cada segundo de lo que vivió y, por supuesto, su esposa no le creyó en ese momento. Después, cuando Javier logró calmarse, le platicó todo con muchos más detalles. Su esposa lo conocía y sabía que no era capaz de mentir, así que quedó muy impresionada con la experiencia sobrenatural de Javier.

Otra noche, a punto de dormirme, sonó el teléfono. Era mi hermano Jorge. Le pregunté cuál era la urgencia y él, muy nervioso, dijo:

—Carlos, me acaban de informar que Nancy se suicidó.

La sorpresa fue enorme. Cómo era posible que se hubiera matado. No supe si colgué el teléfono antes de que Jorge acabara de darme la noticia, lo único que recuerdo fue que me tapé la cara y traté de tranquilizarme. Salí corriendo a la casa de Nancy para verla y desmentir la versión de mi hermano. Al llegar, por desgracia me di cuenta de que la noticia era real: en ese momento se disponían a subir a una ambulancia un cuerpo tapado con una sábana blanca. Pedí que se detuvieran un minuto y me permitieran verlo. Me preguntaron si era familiar y dije que sí. Al retirar la sábana, no pude contener las lágrimas. Era verdad, Nancy estaba muerta y por desgracia las muertes continuaron varios años más.

Esta es la lista de personas relacionadas con la casa de Cañitas que han muerto de 1982 a 2002. He omitido fotografías y apellidos por respeto a sus familiares.

Y juro ante estas personas que no descansaré hasta terminar con esto, así me cueste la vida.

Descansen en paz.

✝ Padre Tomás, muerto después del exorcismo practicado en Cañitas. Cayó por la escalera de su templo y se desnucó. Mayo de 1982.

✝ Jorge, amigo que, horas después de que trató de investigar si la maldición era real, murió a dos cuadras de la casa de Cañitas, en abril de 1985, al estrellar su auto contra una barda, de modo que el parabrisas perforó su garganta.

✝ Emmanuel, protagonista de la historia de Cañitas muerto en un accidente automovilístico en Hermosillo, en enero de 1992. Recibió un golpe mortal en la cabeza.

✝ Fernando, protagonista de la historia de Cañitas. Falleció a consecuencia de una riña de cantina en Guadalajara, Jalisco, en enero de 1992, cuando una bala perdida le dio en la frente.

✝ Polo, amigo que salió llorando de la casa en junio de 1992 y mencionó que el monje había aparecido en el baño amenazando con matarlo. Pereció menos de una semana después, al chocar con un camión que transportaba materiales y varillas, algunas de las cuales se le clavaron en el cráneo cuando no pudo frenar su automóvil.

✝ Sofía, murió en agosto de 1992 después de una terrible agonía; dejó de existir a consecuencia de un tumor cerebral. Los médicos nunca encontraron las causas verdaderas de este mal.

✝ Sergio, persona psíquica que trató de entrar en contacto con el ente en una sesión. Minutos después salió de la casa de Cañitas con un fuerte dolor de cabeza y murió a consecuencia de un derrame cerebral en enero de 1995.

✝ Francisco, persona que investigó en Cañitas y vio en un monitor apagado la leyenda "Te voy a matar, infeliz". Murió al salirse su auto de la carretera y desplomarse en un acantilado en marzo de 1996.

✝ Memo, murió en mayo de 1996 por causas extrañas. Tres días antes de su muerte estuvo retando al ente de Cañitas.

✝ Miguel, amigo que visitó la casa de Cañitas con intención de saludarme. Extrañamente, la puerta de Cañitas se abrió sin que hubiera nadie en casa. Miguel entró a la propiedad, minutos después salió corriendo sin explicación alguna y fue atropellado en la calzada México-Tacuba en diciembre de 1997.

✝ Antonio visitó la casa durante una reunión de amigos y salió aproximadamente a las diez de la noche. Inmediatamente regresó a pedirnos ayuda ya que una persona de negro lo estaba siguiendo. Como ya no se advertía nada, se retiró a su casa y esa misma noche murió al resbalar a las vías de metro. Enero de 1998.

✝ Nancy se suicidó sin explicación alguna en julio 1999. Contribuía en la investigación de Cañitas.

✝ Jorge, mejor conocido como Jorgito, murió en marzo de 2000 a consecuencia de un paro cardiaco. Unos días antes se le había practicado un exorcismo que cambió dramáticamente su personalidad.

✝ Armando, marido de Sol. Se suicidó en mayo de 2002 en la habitación de un hotel. Días antes pidió a Sol que salieran de su casa, ya que ocurrían cosas extrañas, su vida se había convertido en un infierno y culpaba al ente de Cañitas.

Dios mío, ayúdame a detener esta lista.

Índice

PRIMERA PARTE
Una historia real

Prólogo 7
Así empezó 9
La ouija 15
El exorcismo 21
El ente 27
La huida 33
El reto 41
El reencuentro 45
La bruja 53
La maldición 59
La investigación 65
El drama 73
Un triste adiós 79

SEGUNDA PARTE
Cañitas, un día después

Un día después 85
La tumba 95
La fotografía 105
Póstuma 113